D1748300

# Clam la Rapide

Jean-Pierre
Milovanoff

# Clam la Rapide

ILLUSTRATIONS DE
Miles Hyman

Seuil

*À Fabrice et Clara*

ISBN 2-02-087813-5

© ÉDITIONS DU SEUIL, NOVEMBRE 2006

Le Code de la propriété intellectuelle interdit les copies ou reproductions destinées à une utilisation collective. Toute représentation ou reproduction intégrale ou partielle faite par quelque procédé que ce soit, sans le consentement de l'auteur ou de ses ayants cause, est illicite et constitue une contrefaçon sanctionnée par les articles L.335-2 et suivants du Code de la propriété intellectuelle.

www.seuil.com

## *COUP D'ENVOI*

C'est l'histoire d'un frère et d'une sœur à qui il arriva des aventures extraordinaires. Peut-être qu'en les lisant vous tremblerez autant que moi en les écrivant. J'espère que vous parviendrez à vaincre la peur, car une surprise de taille attend les intrépides qui iront jusqu'au bout du livre. Quant à moi, Jean Tomaso, je promets de mentir le moins possible, sauf en cas d'urgence bien sûr.

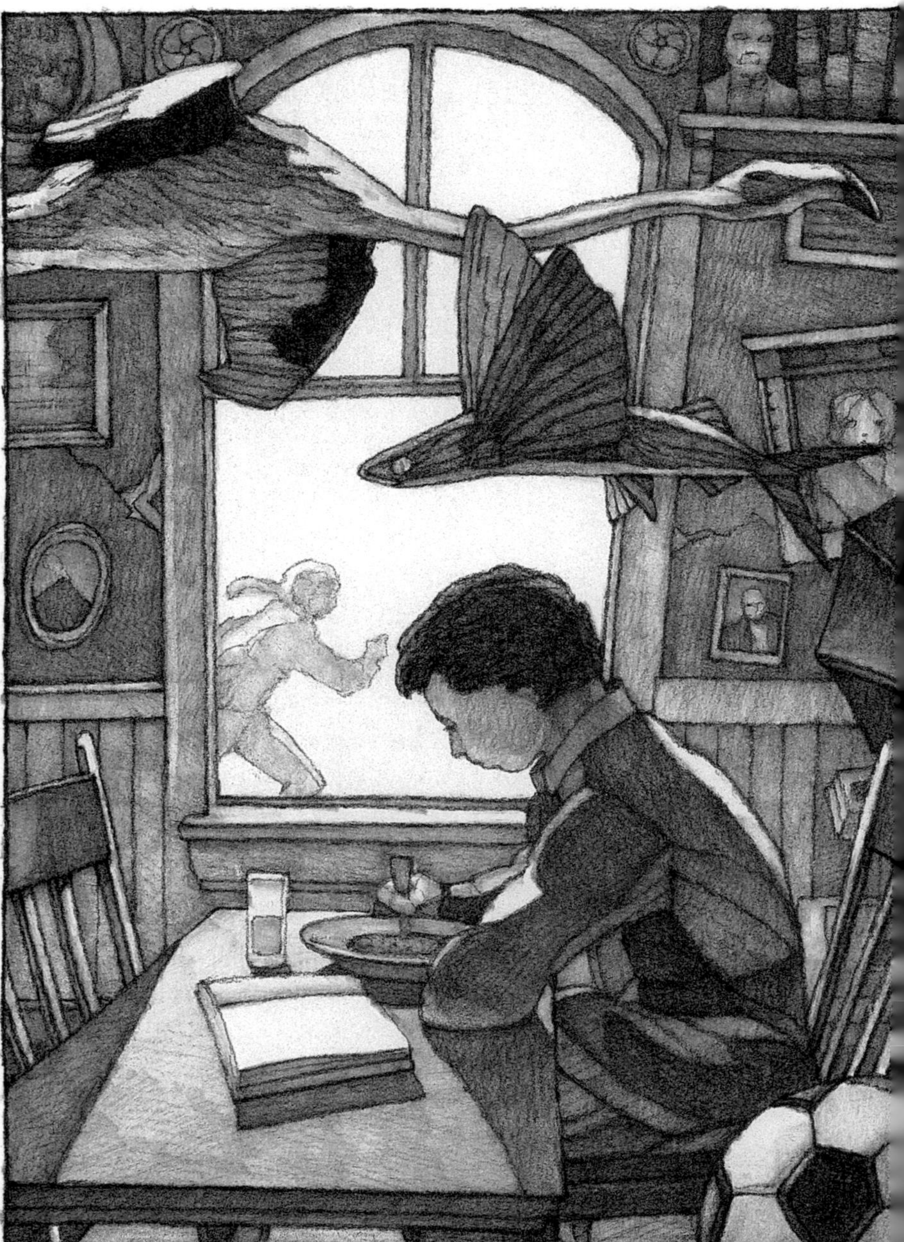

## 1

*Où l'on fait la connaissance d'un certain Pass et d'une incertaine Clam*

D'abord, je veux vous présenter mes deux héros. Ainsi vous les reconnaîtrez si vous les croisez dans la rue.

Le garçon, surnommé Pass, ressemble à une marmite à oreilles qui serait coiffée d'une casquette. Sa petite sœur (dix centimètres de plus que lui !) s'appelle, de son vrai prénom, Clamanilabongadapaticawinoussipalilougada. Cependant, pour une raison inconnue, tout le monde ou presque dit Clam.

– Salut, Clam !
– Où vas-tu si vite, Clam ?
– Hé ! Clam, attends-nous !

Voilà ce qu'elle entend crier quand elle passe en

rollers sur le trottoir. Un conseil : faites comme moi. Appelez-la Clam et n'essayez pas de la rattraper.

Bien qu'ils vivent sous le même toit, qu'ils fréquentent la même école et qu'ils se copient mutuellement, le frère et la sœur ne se ressemblent en rien. Pass est un garçon doux, paisible, endormi, plus proche du bœuf que de l'aigle. Clam est une fonceuse. Tout ce qu'elle fait est bâclé. Une rédaction : six minutes. Un devoir de maths : quatre et demie. Pour les crêpes de mardi gras, le temps de les faire sauter dans la poêle, de les sucrer et de servir : quinze secondes. Et pas question de lui dire qu'elles sont ratées : elle ne vous laisse pas placer un mot. Sans compter que personne, à part un copain que je ne veux pas dénoncer, n'est capable de mentir plus vite qu'elle. Avant même que vous vous soyez bouché les oreilles, elle vous balance des mensonges si énormes que douze éléphants tiendraient derrière sans que leurs trompes dépassent.

Quelquefois Pass aimerait en faire autant, mais il ne sait pas. Incapable d'inventer. De tchatcher. De baratiner. De trouver de bonnes excuses. Aucune imagination, dit sa sœur. Quand un flamant rose ou une cigogne traverse la cuisine de son vol ample, il ouvre un œil et dit : Tiens ! Un oiseau. Si c'est un poisson volant, il baisse la tête et finit son yaourt comme si de rien n'était.

Au foot, le ballon arrive sur lui, il regarde ses chaussures. Si vous croyez que j'exagère, je vous prêterai la cassette du dernier match où il a joué. À un quart d'heure de la fin, le goal titulaire s'enroule autour du poteau. On appelle Pass, qui dormait sur le banc de touche. Il s'avance, pâle d'émotion, les pieds lourds. Il se place devant la cage. Le voilà seul, effrayé, se séchant les mains au maillot et tournant sa tête de tortue dans tous les sens pour comprendre d'où pourrait venir le ballon. La partie reprend et hop! hop! hop! hop! il encaisse quatre buts, plus trois refusés.

Maintenant vous connaissez l'origine de son surnom. Pass, c'est le raccourci de passoire. Mais n'allez pas croire après ça qu'on le déteste. Bien au contraire. Aucun de nous ne demanderait son transfert. C'est important pour le moral de savoir que quelqu'un joue plus mal que vous dans l'équipe. On se sent moins seul. Oui, je n'hésite pas à hausser le ton pour redire à ce garçon qui n'est ni méchant ni bon :

> Pass, nous t'aimons !
> Pass, nous t'aimons !
> Bouge-toi, Pass, ou sinon

Tu resteras sur les talons.
Allez, donne-toi à fond,
Les bois, c'est pas un salon !
Empare-toi du ballon !
Pass, nous t'aimons !
Pass, nous t'aimons !

Je n'en dirai pas plus pour le moment, mais je ne me fais pas de soucis. Je suis sûr que vous l'aimerez, mon copain Pass, quand vous aurez lu son histoire. En attendant, je vais me coucher et je continuerai demain si ça me chante.

## 2

*Où l'on en apprend davantage
sur les héros de cette histoire
qui ne ressemble à aucune autre
(et j'en suis fier)*

En présentant mon copain Pass, j'ai négligé une information importante : c'est un garçon qui ne paie pas de mine. Vu d'avion, il se distingue à peine du paysage. Surtout s'il porte son anorak vert à capuchon. Un petit pois dans la prairie, voilà ce qui apparaît dans le hublot. Il faut se tenir à côté de lui pour qu'il prenne un peu de consistance. Et encore ! Même de près, il ne se fait pas remarquer. Ni grand ni petit, ni gros ni maigre, ni bavard ni silencieux, il lui arrive de passer complètement inaperçu, au point que, s'il le souhaitait, il pourrait jouer le *goal invisible*. Mais cette impression est trompeuse. Quand il est seul, à ce qu'il m'a dit, non seulement il occupe toute la place, mais il se sent un héros, un ogre, un géant! Et s'il se campe devant un miroir, faut pas s'amuser à le bousculer. Son regard est capable de dévier une balle haute en corner.

En dehors du foot, Pass a plusieurs passions, des lubies et quelques marottes. Comme moi, il aime dormir sous la table, écouter aux portes, acheter des fleurs à sa mère, se balancer dans un hamac. S'il lui reste un peu de temps en fin de journée, après avoir compté les fourmis sur le rebord de la fenêtre, il imite avec les doigts une longue-vue et il surveille l'horizon. On ne sait jamais. Là-bas, c'est peut-être l'île au trésor. Il sera le premier à la découvrir, le premier à rapporter à la maison des malles pleines de diamants et de pots de confitures. Mais ce n'est pas un pirate égoïste, prêt à sacrifier ses complices pour garder leur part de butin. Non, non, non, non et non! Le trésor, il est prêt à le partager avec Clam. À condition qu'elle en fasse la demande!

On voit par ce seul exemple que le frère et la sœur s'entendent bien. C'est vrai. Ils ne se disputent pas plus de cent quarante-quatre fois par semaine. Toujours pour des motifs sérieux: la couleur de l'œil de la mouche ou le nombre de gouttes d'eau qui remplissent un arrosoir.

Il y a aussi un *grief* que la sœur adresse souvent à son frère (j'ai déniché *grief*, synonyme de reproche, dans le dico, c'est pourquoi je le mets en italique). Elle le trouve lent, très lent, et même excessivement lent. Peler une banane, par exemple, l'occupe une demi-heure. Et si, au lever du jour, il entreprend de lacer des baskets neufs, il a rarement fini avant midi.

À part son extrême lenteur et une certaine tendance à bondir du mauvais côté au moment du penalty, Pass est un garçon tout à fait serviable, agréable, impeccable, valable et recommandable. Quand le danger se présente sans prévenir – et, malheureusement, dans cette histoire, il se présentera assez souvent –, il n'écoute que son courage et n'a peur de rien, sinon d'être transformé en statue de gelée de coing, ce qui est très gênant au moment des tirs au but.

Excusez-moi, je me suis interrompu pour aller répondre au téléphone à la place de mon père qui prend sa douche. Ma mère est dans un bouchon. Elle arrivera en retard. Si je mets l'eau pour les pâtes, elle m'a dit, cela fera gagner du temps. Dans la grande bassine bleue ? j'ai demandé. Évidemment, dans la grande bassine bleue. Mais avant, lave-toi les mains !

Je vous jure ! Il y a des jours où ce n'est pas facile de se concentrer sur une histoire qui fasse peur. Surtout quand on sait qu'il y aura pour le repas des spaghettis au parmesan, mon plat préféré. Maintenant j'ai faim et je ne suis plus inspiré. Bon. J'arrête tout.

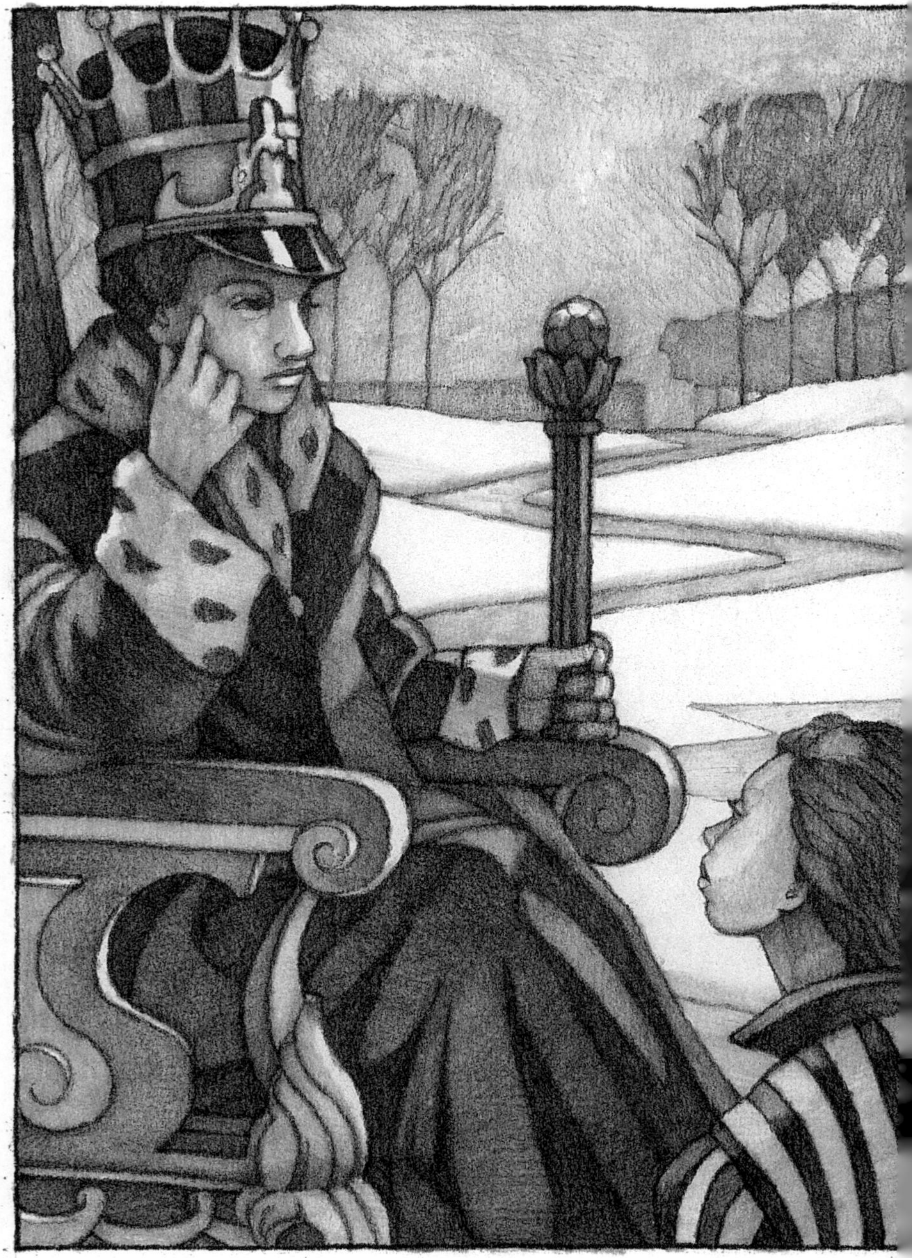

## 3

*Où les aventures de Pass et de Clam reprennent leur cours, tantôt lent, tantôt rapide*

C'est dimanche aujourd'hui, j'ai le temps de continuer cette histoire tellement vraie qu'elle me fait froid dans le dos. Pour ne pas être à court de munitions, j'ai posé deux dicos à côté de moi. Je n'indique pas les marques, ça se trouve chez tous les libraires.

Depuis toujours Clam la Rapide et Pass le Lent vivaient dans une maison en terre cuite avec leurs parents, leurs grands-parents, leurs oncles, leurs tantes, leurs grands-oncles et leurs grand-tantes, leurs cousins, leurs cousines, leurs chiens et leurs chats, un poisson de moins en moins rouge et le perroquet

Koko, surnommé Koko (on avait trouvé plus simple de lui donner le même surnom que son nom). La maison était située en bordure d'un bois qui s'appelait le Bois Changeant parce que les arbres changeaient de place quand on leur tournait le dos. Or, le matin du jour de l'an, Pass, en ouvrant les yeux, vit qu'il avait gelé dans la nuit et que des aiguilles de glace pendaient aux carreaux de la fenêtre. Brrrr! Pas question de faire preuve d'héroïsme. Il remonta l'édredon sur ses épaules et se rendormit.

Dans la chambre mitoyenne, Clam consulta sa montre en grognant. D'habitude, elle ne supportait pas de rester au lit quand elle était réveillée. Il lui fallait repousser les draps tout de suite, s'habiller en un éclair, courir en tous sens, renverser des meubles sur son passage et faire tant de bruit que plus personne, à part une cousine sourde, ne pouvait se permettre de fermer l'œil.

Or, ce jour-là, pas de raffut, pas de chaises renversées. Juste le grognement déjà entendu. Clam était «à ne pas prendre avec des pincettes!». C'était exceptionnel. En principe elle se couchait de mauvaise humeur et se levait joyeusement. Cette fois, c'était l'inverse. S'étant endormie avec la satisfaction d'avoir gagné à tous les jeux de la soirée (en trichant un peu), à peine eut-elle ouvert les yeux qu'elle rameuta l'ensemble des adultes de la famille autour de son lit. Puis, sans tourner autour du pot, elle leur déclara en grimaçant :

— Je ne vous aime plus !
— Et pourquoi donc ? demanda un téméraire.
— Vous ne me racontez jamais d'histoires !
— Que tu es menteuse, Clam ! s'exclamèrent en chœur ses parents, ses grands-parents, ses oncles, ses tantes, ses grands-oncles et ses grand-tantes, ses cousins, ses cousines, et les visiteurs de passage. (Il semble que, dans cette scène, les chiens, les chats, le perroquet et le poisson de moins en moins rouge gardèrent un silence réprobateur.) Menteuse, oui, reprirent-ils, un ton plus bas. Hier, pour le réveillon, ne t'avons-nous pas raconté l'histoire du roi Caribou, de la sorcière Médusine, du gentil corbeau Corvée et de l'horrible Grangoulot ?
— Hier, je n'avais pas envie d'écouter des histoires, grogna Clam.
— Quelle mauvaise foi ! s'écrièrent toutes les grandes personnes présentes.
— Non, je n'ai pas mal au foie. C'est vous qui êtes des méchants, des mauvais, des menteurs, des *tournedos* ! (Que venait faire ici le « filet de bœuf accommodé en tranches », personne ne l'a jamais su.)

Et pour prouver qu'elle avait du tempérament,

ce que sa famille n'ignorait pas, Clam sauta du lit aussi vite que la grenouille abandonne la feuille de nénuphar et elle tapa du pied sur le sol de toutes ses forces.

Or, la veille au soir, après avoir mangé le quart d'une bûche et gagné à tous les jeux, Clam était allée se coucher *avec* ses rollers. Le coup de talon qu'elle donna pour marquer sa méchante humeur la propulsa de la chambre dans le couloir et du couloir dans l'escalier. Elle roula au bas des marches, traversa le hall en trombe, franchit la porte qu'un voisin venu présenter ses vœux avait laissée ouverte derrière lui, et elle se retrouva dehors, en pyjama.

La neige qui couvrait le sol avait durci pendant la nuit. Le terrain était en pente, Clam prit de la vitesse et disparut à l'horizon.

– Ohé! Clam, reviens! crièrent en chœur ses parents sur le seuil de la maison de terre cuite.

Peine perdue! Autant demander à l'éclair de cesser de zigzaguer, au cheval fou de rentrer à l'écurie. Cheveux au vent, Clam poursuivait sur sa lancée, aussi rapide qu'une luge dévalant les pentes d'une montagne. Elle fila à travers un petit bois qu'elle connaissait, puis pénétra à vive allure dans une forêt inconnue et arriva, deux minutes plus tard, au bord d'un lac dont elle ignorait l'existence.

Près du lac se tenait un roi, reconnaissable à sa gabardine royale, sa haute couronne à visière, ses rollers de cérémonie et son sceptre portatif. Clam alla donner de la tête dans le dos de Sa Majesté, ce qui l'arrêta.

– Vite, votre nom ? cria-t-elle en pointant un doigt dans les côtes de Son Altesse pour lui faire croire qu'elle tenait un revolver.

– Aïe ! Aïe ! Aïe ! beugla le roi.

– C'est votre nom : Aïe ! Aïe ! Aïe ! ?

– Vous me faites mal avec le canon de votre arme. Et j'ai terriblement peur. Il suffirait d'une légère pression de votre doigt, et je serais mort. Et si je suis mort, je ne pourrai pas souffler les bougies de mon anniversaire, manger de la charlotte à la framboise et être malade le lendemain.

– Mais je n'ai pas de revolver ! s'écria Clam.

– Alors, avec quoi me menacez-vous ?

– Avec mon index !

– C'est encore plus effrayant ! Un doigt qui tire des balles constitue une arme terrible dans certaines mains. J'aurais dû rester couché dans mon lit royal ce matin au lieu de vivre dangereusement. À force de prendre des risques, je finirai par mourir de peur. Aïe ! Aïe ! Aïe !

Clam recula de quelques pas pour examiner le

roi, qui tremblait si fort qu'il semblait faire des claquettes. En dépit de l'imperméable royal et de la couronne à visière, aussi haute que celle du roi d'Anglerette, elle ne parvenait pas à mettre un prénom et un numéro sur le visage blême de Sa Majesté.

— François XIV? Louis XXIX? Charles CXXXIII?
— Non! Non! Non!
— Mais qui êtes-vous donc? demanda-t-elle, excédée, au bout d'un moment. Vous n'avez pas votre badge.
— Quoi! Vous avez commis un attentat contre ma royale personne et vous prétendez ne pas me connaître!
— Vous ressemblez tellement à tout le monde que je ne serais pas étonnée si vous étiez n'importe qui.

À ces mots, le malheureux roi se cacha le visage dans les mains et déclara entre deux sanglots:
— C'en est trop. Je n'en peux plus. Laissez-moi reprendre mon souffle. Je vous dirai qui je suis dans un instant. Vous mourrez de honte en découvrant mon identité. Mais d'abord je dois pleurer abondamment.

## 4

*Où l'on verra que j'ai bien fait
d'entamer un nouveau chapitre*

Quand le roi eut pleuré abondamment, il ôta les mains de son visage gonflé de larmes, essuya ses lèvres couvertes de sel et livra le résultat de sa royale réflexion dans un discours plaintif et solennel, un peu mugissant vers la fin.

– Il suffit de se promener dans mon royaume pour voir mon portrait exposé dans tous les magasins et autres commissariats tandis que mes statues équestres, pédestres et alpestres trônent à tous les carrefours. J'ai dix mille artistes à mon service qui dessinent, peignent et sculptent mon visage. Vingt mille écrivains font mon éloge dans les journaux et cent mille chanteurs beuglent au micro qu'il n'y aura jamais de plus magnifique roi que moi-même...

– Vous êtes donc roi?

– Si je suis roi! Ne vois-tu pas, jeune insolente, que je porte l'imperméable de la royauté, la haute couronne à visière et le sceptre d'or massif?

– C'est quoi, ce spectre des massifs? coupa Clam d'une voix tranchante comme un cutter.

– Sceptre! Pas spectre, mademoiselle! L'emblème du commandement!

– Qui me dit que vous ne l'avez pas volé avec le reste?

– Moi? Un voleur? Mais je suis le fameux, le falot, le fatal roi Caribou! L'incomparable et incomparé Caribou Premier ou Caribou First, le roi le plus grand, le plus fort, le plus courageux et le plus admiré de la terre. Regardez autour de vous, mademoiselle. À gauche. À droite. En haut. En bas. Par-dessus. Par-dessous. Et même en travers. Tout ce que vous voyez jusqu'à l'horizon – et beaucoup de choses que vos petits yeux ne peuvent pas voir, ajouta-t-il en baissant la voix –, tout, vous dis-je, absolument tout m'appartient: la terre, la glace, le lac, le ciel, l'air, les nuages, les compléments d'objet direct et d'objet indirect, les articles définis ou indéfinis, les bains glacés, le rhume des foins et les souvenirs de vacances...

– L'été dernier, l'interrompit Clam, j'ai passé un mois au fond de la mer, en compagnie des requins blancs…

– Les requins aussi m'appartiennent, au même titre que les mouches, les feux d'artifice…

– Il n'y a pas de feux d'artifice, coupa Clam.

– Pour le moment. Mais quand ils éclateront, ils seront à moi.

– Il n'y a pas de mouches non plus. Il fait trop froid. Vous dites n'importe quoi !

– Même dans mes pires cauchemars, reprit le roi, personne ne me parle sur ce ton. Si j'avais écouté la reine mère, je serais resté dans mon lit royal avec une pharyngite royale, trente-neuf de température royale, et vous vous seriez noyée royalement. N'oubliez pas que je vous ai sauvé la vie, mademoiselle. Sans le garde-fou de mon dos majestueux, vous auriez plongé dans l'eau froide.

– C'est possible, reconnut Clam. Mais que faisiez-vous, seul, près de ce lac ?

– D'habitude, c'est moi qui pose les questions confidentielles.

– Où les posez-vous ? Par terre ou sur une table ?

– Cela ne vous regarde pas. Je suis un tyran. Je n'ai qu'à lever la main, mes six mille neuf cent douze gardes du corps vous ficelleront comme un poulet. Et si je siffle dans mes doigts, mes trois cent soixante-cinq cuisiniers (plus un les années bissextiles) vous transperceront de leurs lardoires et vous feront cuire à la broche avec du lard et du gros sel.

– Pas dans cette histoire ! dit Clam. Ici, on ne me mange pas, on ne me cuit pas. C'est moi qui commande, qui ordonne, qui exige, qui fais trembler. Je n'ai peur de rien. Si vous n'obéissez pas, je vous saisis par le col de votre imperméable royal, je vous soulève comme un œuf dans une cuillère et, hop ! hop ! hop ! hop ! je jongle avec vous jusqu'à ce que j'obtienne une omelette aux fines herbes.

Lecteurs et lectrices de cette histoire entièrement vraie puisqu'elle a été vécue par la sœur de mon copain, vous voudriez savoir comment Caribou réagit aux terribles menaces de Clam ? Moi aussi j'aimerais le raconter. Malheureusement, c'est onze heures, ma mère a vu de la lumière sous la porte et veut que j'éteigne. Ce n'est pas qu'elle soit méchante, ma mère. Mais elle s'angoisse.

– J'ÉTEINS !

Et voilà, je suis dans le noir
 maintenant et j'écris
 un peu de travers. Je vous jure,
  quand je serai

                grand, je ne
                  dormirai
                jamais. Ou alors une nuit
tous les six mois
        comme au pôle Nord.

## 5

*Suite d'une conversation
au bord d'un lac*

Lorsque la rapide Clam eut déclaré qu'elle allait soulever son compagnon comme on porte un œuf dans une cuillère, qu'elle jonglerait avec lui et le casserait dans une poêle, le malheureux roi déclara d'une voix tremblante :

— Les enfants ne sont plus ce qu'ils étaient. Du temps de la reine Madelon, qu'on appelait Magda-doigts-longs, l'usage était de pincer les petites filles menteuses jusqu'à ce qu'elles se changent en mandolines. Et alors, dans tout le palais, c'était un concert de petites filles menteuses qui jouaient les vieux airs du royaume jusqu'à ce que les oreilles nous tintent !

— Ne vous avisez pas de me pincer, hurla Clam, ou je vous arrache votre barbe avec les ongles !

— Mais je n'ai pas de barbe ! protesta Caribou Premier.

— Justement. Si elle est cachée sous la peau, cela fait encore plus mal !

— C'est la révolution !

— Tout à fait.

— Alors je vais devoir prendre la fuite et renoncer à la charlotte à la framboise ?

— J'en ai bien peur.

— Dire que j'ai possédé un palais de treize cents chambres, douze jardins, un kiosque à musique, un bassin pour les canards, trois chemises blanches, deux caleçons, un lézard de poche, une gomme et une boîte de pastilles contre la toux ! J'avais même un orchestre de pâtissiers pour me réveiller au son des brioches !

— Ne seriez-vous pas un peu menteur ? demanda Clam.

— Un peu ? Il n'y a pas de plus grand menteur que moi !

— Navrée de vous contredire, reprit Clam. Mais je détiens le record olympique du mensonge dans les trois catégories. Mensonge départ arrêté. Mensonge par équipe. Et le relais quatre fois mensonge.

— Je veux bien que vous mentiez plus vite que moi, mais reconnaissez que mes mensonges sont royaux !

— Je l'admets. Quel âge avez-vous ?

— Treize et demi.

— Vous ne les faites pas.

— Tout le monde me le dit, mais qu'est-ce que j'y peux ? La vérité, c'est que je ne suis même pas roi !

— Alors qui êtes-vous ?

— Je m'appelle Riboud, tout simplement. Il paraît que je suis un cas. Le cas Riboud. D'où mon surnom de Caribou. Et vous, qui êtes-vous *quand vous ne mentez pas* ?

— Mais je mens tout le temps, dit Clam. Je ne peux pas m'en empêcher. La vérité va trop lentement.

— Vous devez bien avoir un nom pour qu'on vous rattrape.

— Clamanilabongadapaticawinoussipalilougada. Mais tous mes amis disent Clam.

— Je ferai comme eux, promit Caribou.

Ils se serrèrent la main en silence et s'éloignèrent le long du lac. Je continuerais volontiers cet épisode mais ma mère a vu la lumière sous la porte et il vaut mieux que je

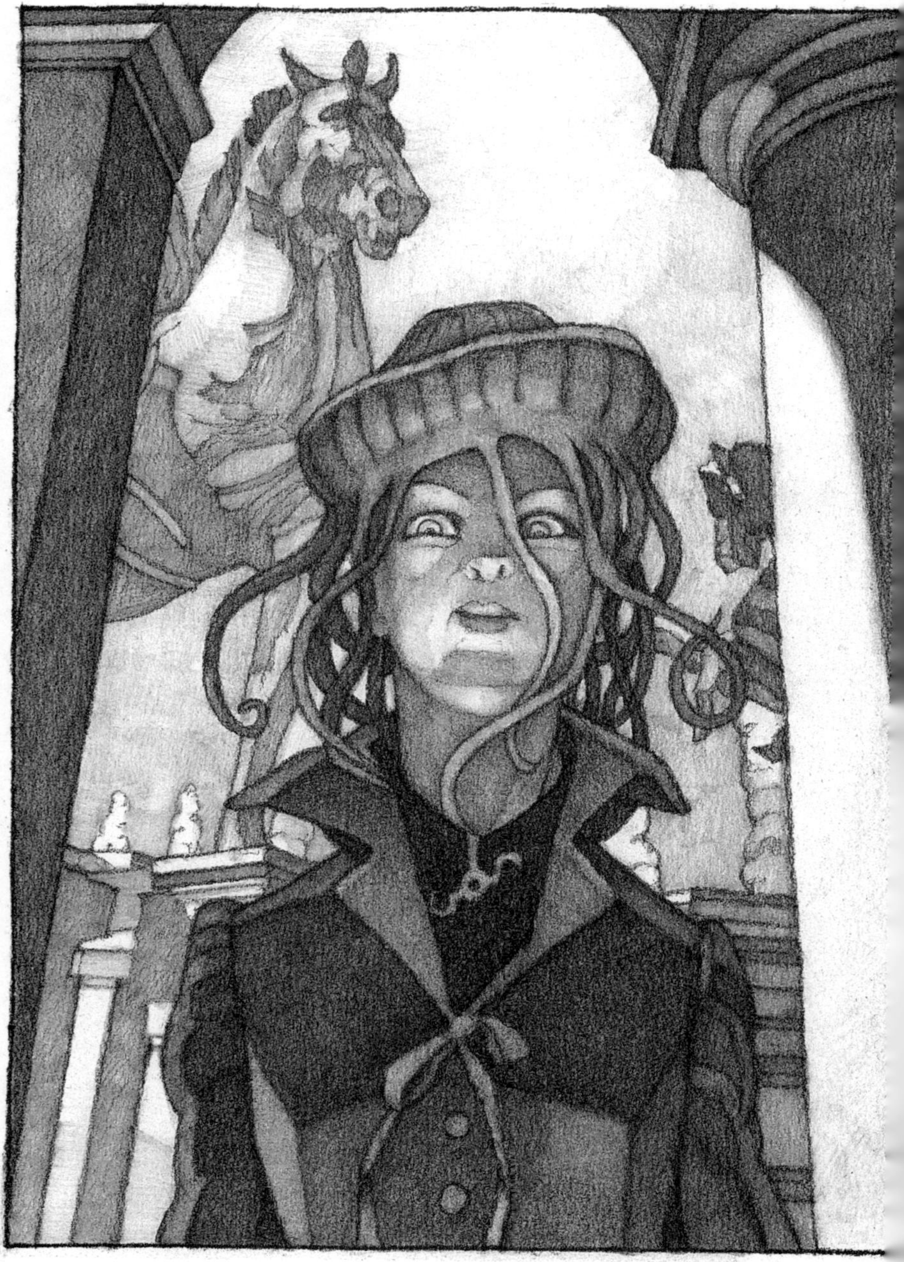

## 6

*Où l'on va de révélation en révélation*

Le soleil déjà haut trouait le brouillard. Une lumière froide et soyeuse se répandait sur un paysage que je décrirais en détail si j'avais le temps : forêts de sapins, pentes neigeuses, ponts de bois, chalets qui fument, cascades gelées…

Vers midi, mes deux héros arrivèrent devant les grilles d'une somptueuse propriété. (À la même heure, mon copain Pass, aussi prudent que la tortue, sortait la tête de sous l'édredon et jugeait préférable de se rendormir.)

– Vous pouvez lire pour moi ? demanda Caribou en désignant la plaque de cuivre fixée à la grille principale. J'ai oublié chez moi mes lunettes.

Clam déchiffra ces vers :

> *Médusine, sorcière honnête.*
> *Magie gluante, pas très nette.*
> *Voyance, philtres, casse-tête.*
> *Enchantements. Amulettes.*
> *Victoires changées en défaites.*
> *Transformations d'hommes en bêtes.*
> *Disparitions sept jours sur sept.*

— La dernière rime est mauvaise, ajouta-t-elle. Méfions-nous.

Caribou pressa le bouton de l'interphone une fois, deux fois, trois fois. Sans résultat. Clam prit le relais. Il y eut un bref grésillement. Une voix chevrotante et lointaine, qui faisait penser au bêlement d'une brebis devant une vitrine de pull-overs, répéta :

— Qui est là ? Qui est là ? Qui est là ?

— Vous devriez le savoir, non ? hurla Clam. La voyante, c'est vous !

Il y eut un déclic. Les grilles s'ouvrirent. Au bout d'une allée de marbre bleu, bordée de statues équestres monumentales et de cyprès enneigés, la façade d'une villa rose apparut.

Clam s'élança sur ses rollers. Trois minutes plus tard, Caribou, à bout de souffle, la rejoignit sur le perron de la villa. Ils pénétrèrent ensemble dans un vestibule en rotonde, éclairé par des projecteurs posés sur le sol. Un lion sculpté dans la neige accueillit les arrivants.

— Si vous voulez bien me suivre, leur dit-il avec un fort accent léonin. Médusine vous attend dans le salon tropical.

À la suite du lion de neige qui faisait office de majordome, Clam et Caribou parcoururent la villa. Elle ressemblait plus à un musée qu'à une maison d'habitation. Plusieurs salons étaient encombrés de meubles couverts de lichen ou incrustés de coquillages comme s'ils venaient d'être remontés de l'abîme après un séjour de plusieurs siècles dans l'océan. D'autres pièces, absolument vides, étaient tapissées de miroirs qui se peuplaient au passage des visiteurs. Tous les couloirs étaient plongés dans une pénombre verdâtre qui rappelait l'éclairage des aquariums. Quelques salles, pourvues de hublots, longeaient des prairies en fleurs et des champs de coquelicots.

— Vous trouvez que c'est juste ? chuchota Clam. À nous l'hiver, à elle le printemps.

— Il y a un truc, dit Caribou.

— Évidemment il y en a un ! Mais ce n'est pas juste quand même.

Enfin le trio arriva dans une antichambre en

forme de barque à fond plat. Odeur de bois verni et de goudron. Deux gigantesques scaphandres de cuivre et de verre, chacun tenant sur sa poitrine une mitraillette argentée, montaient la garde devant un rideau de velours pourpre.

– Ne vous laissez pas impressionner, chuchota Clam. Il n'y a personne dans les scaphandres.

– C'est ce qui me fait peur, dit Caribou.

– Vous avez eu de la chance d'arriver vivants jusqu'ici, intervint le lion. En général, les visiteurs sont dévorés avant de passer cette porte.

– Dévorés par qui ?

– Par moi, naturellement.

– Ne vous avisez pas de nous dévorer ou vous passerez un mauvais quart d'heure, dit Clam.

– Rassurez-vous. Je suis devenu végétarien. Mon plat préféré, c'est la soupe aux choux.

Le lion s'avança vers le rideau et l'ouvrit d'un coup de patte.

– Des visiteurs de marque pour Madame! annonça-t-il en enflant de nouveau la voix.

Une pendule sonna. Une musique se fit entendre. Les scaphandres s'écartèrent. Dans un brouillard bleu, jaune et rouge, Clam distingua une silhouette immobile sur un podium. Le brouillard se dissipa. Médusine apparut près d'un guéridon, entre des étoiles de mer et des plantes carnivores. Elle portait une longue robe en feuilles de trèfle, des chaussons de soie et des colliers de coquillages. Un chapeau gélatineux coiffait son visage rond. À y regarder de plus près, ce n'était pas un chapeau mais une méduse vivante dont les lanières descendaient en pluie autour de ses joues.

– J'étouffe, murmura le roi.

En effet, la chaleur dans le salon rouge était telle que le lion de neige fondait à vue d'œil. Il n'en resta bientôt plus assez pour faire un fauve. Sa maîtresse s'en aperçut et, d'un bref hochement de tête, l'autorisa à sortir. Un caniche blanc quitta la pièce.

Caribou, qui transpirait, retira sa haute couronne à visière et s'épongea le front avec la main. Puis il hasarda :

– Vous ne pouvez pas baisser le chauffage ?

– Je m'en garderai bien, dit Médusine. Quarante-huit degrés, c'est la température idéale pour que je vous change en coquilles Saint-Jacques.

– Vous croyez que je me laisserai faire ? demanda Clam, qui ne tenait pas en place sur ses rollers.

Médusine exhiba un affreux sourire, repoussa le guéridon et s'avança vers les visiteurs en agitant les lanières qui descendaient le long de son corps comme les pendeloques d'un lustre en verre blanc.

— Arrière, méduse livide ! hurla Clam d'une voix acide.

Dans cette histoire, je décide.
J'observe, je mords, je trucide.
Un seul mot et je fais le vide
Dans votre caboche stupide,
Infâme sorcière fétide.
On m'appelle Clam la Rapide…

Elle aurait continué de dérouler le riche tapis des rimes en *ide* jusqu'à l'épuisement de la série, mais la perfide, avide et sordide Médusine avait plus d'un tour dans ses lanières. Fflack ! Caribou entendit un sifflement sec comme une détonation. La sorcière avait fouetté de ses tentacules multiples les fines chevilles de Clam. Le sol se déroba sous ses rollers. Elle perdit l'équilibre. Comment éviter la chute fatale sinon en tentant le double saut périlleux en avant, au risque de se briser l'os du cou ? Pendant quelques dixièmes de seconde, le plafond et le carrelage échangèrent par deux fois leur position, tandis que l'acrobate en pyjama se répétait à elle-même : « Je dois retomber sur mes rollers ! Je dois retomber sur mes ro. Je dois retomb. Je dois. Je. Je. Je. Je… »

Et c'est exactement ce qu'elle fit, la petite Clam, pour la première et la seule fois de cette histoire. Double saut périlleux sur place en chandelle avec réception accroupie sur les rollers ! Wouaouh ! Au contact du sol, une étincelle se produisit, illuminant toute la scène. Caribou comprit que l'énergie acquise par le saut allait projeter la fillette en avant comme une balle qui rebondit sur une raquette. Il s'agrippa au pyjama de sa compagne et fut happé avec elle vers la sortie.

Médusine, rendue furieuse par cet improbable *coup de théâtre*, ouvrit sa bouche en entonnoir et hurla des mots terribles à l'adresse des deux fuyards :

— Pauvres naïfs ! Vous croyez pouvoir m'échapper ? Ah ! Ah ! Ah ! Ah ! Vous êtes mes prisonniers. Pas pour un jour ! Pas pour quelques années ! À perpétuité ! Privés de vie, vous serez condamnés à errer dans le monde souterrain. Le sol en pente vous conduira fatalement de plus en plus loin, de plus en plus bas. Bientôt vous n'aurez plus de force ni de salive. Votre tête deviendra une courge qui rebondira devant vous.

La sorcière éclata de rire tandis que Clam, entraînant son compagnon, s'enfonçait à vive allure entre les parois d'un labyrinthe de glace, éclairé de loin en loin par des lueurs.

— Ce concert de castagnettes que l'on entend, vous savez d'où il provient ? demanda Clam.

— Ce sont mes dents qui s'entrechoquent, dit Caribou.

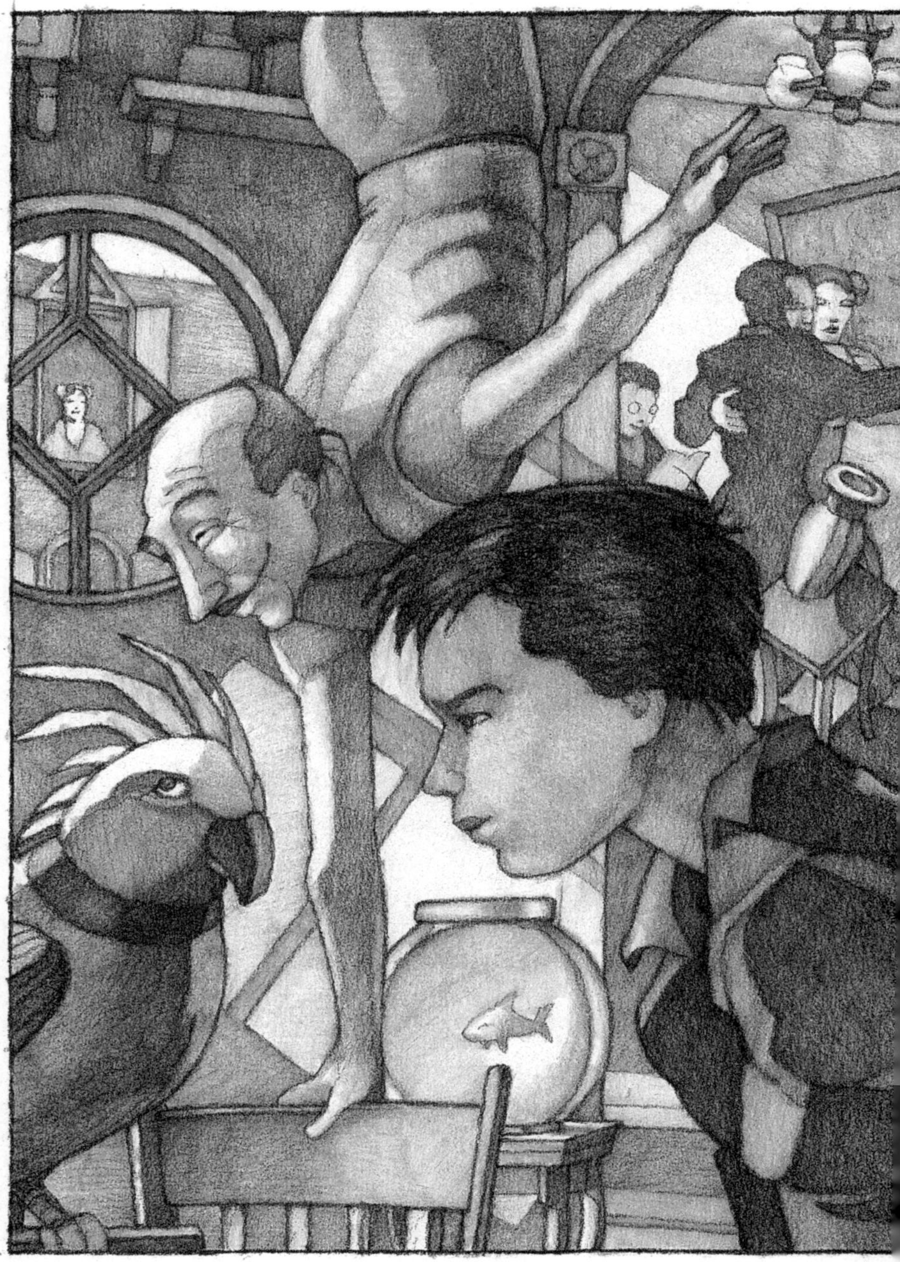

## 7

*Où le héros, car c'en est un,
s'étonne d'une étrange disparition*

J'ai mal dormi à cause des menaces de Médusine. Cauchemars, réveils en sursaut, insomnies. Avec ça, dans la journée : anglais, maths, géo, gymnastique. Pas une minute à moi. Impossible, pendant les cours, de ne pas penser à Clam perdue dans un labyrinthe de glace alors que son frère aîné dort encore sous l'édredon !

Maintenant je suis de retour chez moi. La nuit est tombée. Ma mère écoute la radio dans la cuisine. C'est jeudi : le jour des lasagnes. Il me reste trente minutes avant le repas pour réveiller Pass et le lancer à la poursuite de sa sœur. Comment voulez-vous que j'y arrive avec cette odeur de four chaud qui se glisse sous la porte ?

Je mâchonne mon bout de crayon et j'attends l'inspiration…

Ce premier matin de janvier, Pass ouvrit les yeux autour de midi et demi. Il se leva, se débarbouilla, passa une première couche de vêtements, mit ses baskets neuves, passa une seconde couche de vêtements et se rendit dans la cuisine où son arrière-grand-mère Amalia lui servit un grand bol de chocolat chaud.

En fait, Amalia était morte depuis deux ans, mais Pass n'en tenait pas compte. Et la bisaïeule centenaire lui préparait son petit déjeuner tous les matins.

— Ma sœur est levée, Mama Malia ? demanda Pass, la bouche pleine.

— Oui. Très tôt. De mauvaise humeur.

— Où est-elle à présent ?

— Aucune idée.

Il ne fallut qu'une petite heure à mon copain pour avaler deux tartines de confiture et le chocolat qui avait refroidi. Amalia essuya la toile cirée, lava le bol et disparut dans les profondeurs d'un placard. Pass resta seul avec des pensées que nous ne connaissons pas. Plus tard, il partit vers le salon en traînant les pieds.

Il régnait dans la maison l'atmosphère des dimanches après-midi où chacun fait ce qu'il lui plaît sans se soucier de l'heure. Arthur Bourlinguet, le père de mes deux héros, qui avait la passion des vieux meubles, rafistolait du Louis XVI dans le garage en chantant *La Carmagnole*. Son épouse Rosemonde classait des photos datant de l'époque où elle ne classait pas les photos. L'oncle musicien essayait son nouveau saxo à pédales dans les couloirs. Le petit-neveu d'Amalia, danseur de tango à ses heures et caissier à celle des autres, faisait tanguer la cousine Berthe entre les fauteuils du salon. Mosquito, le cousin muet, qui était magicien, tentait d'extraire un lapin d'un haut-de-forme à double fond. Mais le lapin faisait de la résistance.

Pass n'en revenait pas de voir que personne dans la famille ne s'étonnait de l'absence de Clam. D'habitude pourtant elle tenait beaucoup de place et ne se laissait pas oublier. Et s'il lui était arrivé un malheur ?

Vers trois heures de l'après-midi, dans un corridor un peu sombre, il croisa par hasard son père, qui revenait du garage en chantant « Ça ira, ça ira, ça ira ». Il avait le front couvert de sciure et de colle, mais il exultait.

– J'y suis parvenu ! Après trois échecs successifs ! Un *tour de force*, mon petit.

— Quel tour ?
— Transformer un fauteuil Louis XVI en siège Empire. Tu vois la difficulté ?
— Non... Mais dis-moi, papa...
— Quoi ?
— Elle n'était pas avec toi ?
— Qui ?
— Clamanilabongadapaticawinoussipalilougada.
— Oh ! Tu sais, ta sœur, moins je la vois...

En désespoir de cause, Pass s'adressa aux animaux de la maison. La question était simple : savaient-ils, oui ou non, où se trouvait Clam ? Les chats, comme toujours, semblaient connaître la réponse, mais ils refusèrent dignement de se mêler des affaires de la famille. Qu'on ne compte pas sur eux pour balancer une fugueuse. Question de principe. Impossible également d'obtenir un début de piste du poisson de moins en moins rouge. Le perroquet se montra plus kokopératif. Son perchoir se dressait dans le vestibule, un emplacement idéal pour surveiller les allées et venues. Après que Pass lui eut répété douze fois les mêmes questions, à savoir s'il avait vu sortir Clam et à quelle heure, il se gratta la tête longuement comme un philosophe qui réfléchit et il laissa tomber ce jugement que chacun interprétera à son gré :

— Koko popo liti quement cococorrect.

C'était beaucoup pour un perroquet asthmatique mais insuffisant comme indice. Restait le vieil épagneul Madrigal, obèse et neurasthénique, toujours plein de bonne volonté. Quand Pass lui eut fait respirer la boîte qui avait contenu les rollers de Clam, il se dirigea d'un pas de sénateur vers un placard qui contenait d'autres cartons. Après quoi, il se livra à des roulades pour avoir un sucre.

Le garçon ne fut pas découragé par ses échecs. Il visita toutes les pièces de la maison, chercha derrière les divans, sous les lits, dans les armoires. Aucune trace de sa sœur. Ni message ni SOS. Plus l'après-midi avançait, plus il devenait évident qu'elle était sortie précipitamment. La preuve ? Elle n'avait pas emporté le manteau neuf qu'elle avait reçu à Noël. Et si des voyous l'avaient kidnappée ? Si elle avait été prise en otage ?

Pass supportait mal de voir que ses parents et ses grands-parents, ses oncles, ses tantes et ses cousins ne se souciaient nullement de la disparition de leur fille, petite-fille, nièce ou cousine. Tous les adultes *vaquaient* à leurs occupations, jouaient aux cartes, s'amusaient, chantaient, prenaient des bains, comme si de rien n'était. Ainsi, au milieu du salon, Anténor faisait l'arbre droit sur une chaise pour épater la fille d'une voisine qui préparait l'école du cirque. Tandis qu'il se tenait les pieds en l'air et le dos cambré, son petit-fils lui demanda :

– Dis, papy, tu n'as pas vu Clam, par hasard ?

Sans changer de position, l'acrobate grommela dans sa barbe blanche une réponse qui n'avait rien d'encourageant :

– Non, je ne l'ai pas vue depuis ce matin. Et je m'en porte fort bien. (En vérité, il employa une expression plus imagée que je préfère garder pour moi.) Ta sœur est une vraie peste qui me met la tête à l'envers. Je respire quand elle est ailleurs.

Pass regagna sa chambre, enfila quatre pull-overs, deux pantalons, sept paires de chaussettes tricotées et sa formidable doudoune en peau de bouc, dont l'odeur gazait toute personne sensible à huit cents mètres. Il enfonça sa tête rase dans un bonnet en poil de loup, glissa dans ses poches, à tout hasard, une gomme, un crayon noir, six crayons de couleur, deux tubes de lait concentré, des biscuits secs, quelques mouchoirs et les jumelles de chasse de sa grand-mère. Avant de quitter sa chambre tiède et confortable, il se campa devant la glace de l'armoire et lança au héros qui lui faisait face :

– Adieu, mon vieux Pass ! Ou plutôt : au revoir ! Je pars à la recherche de ma sœur. Les aventures qui m'attendent seront longues et dangereuses. Je devrai affronter le froid, la faim, les dragons et la solitude. Peut-être serai-je enlevé par une peuplade inconnue. Qui sait si mes parents vivront encore quand je reviendrai ?

Il sortit.

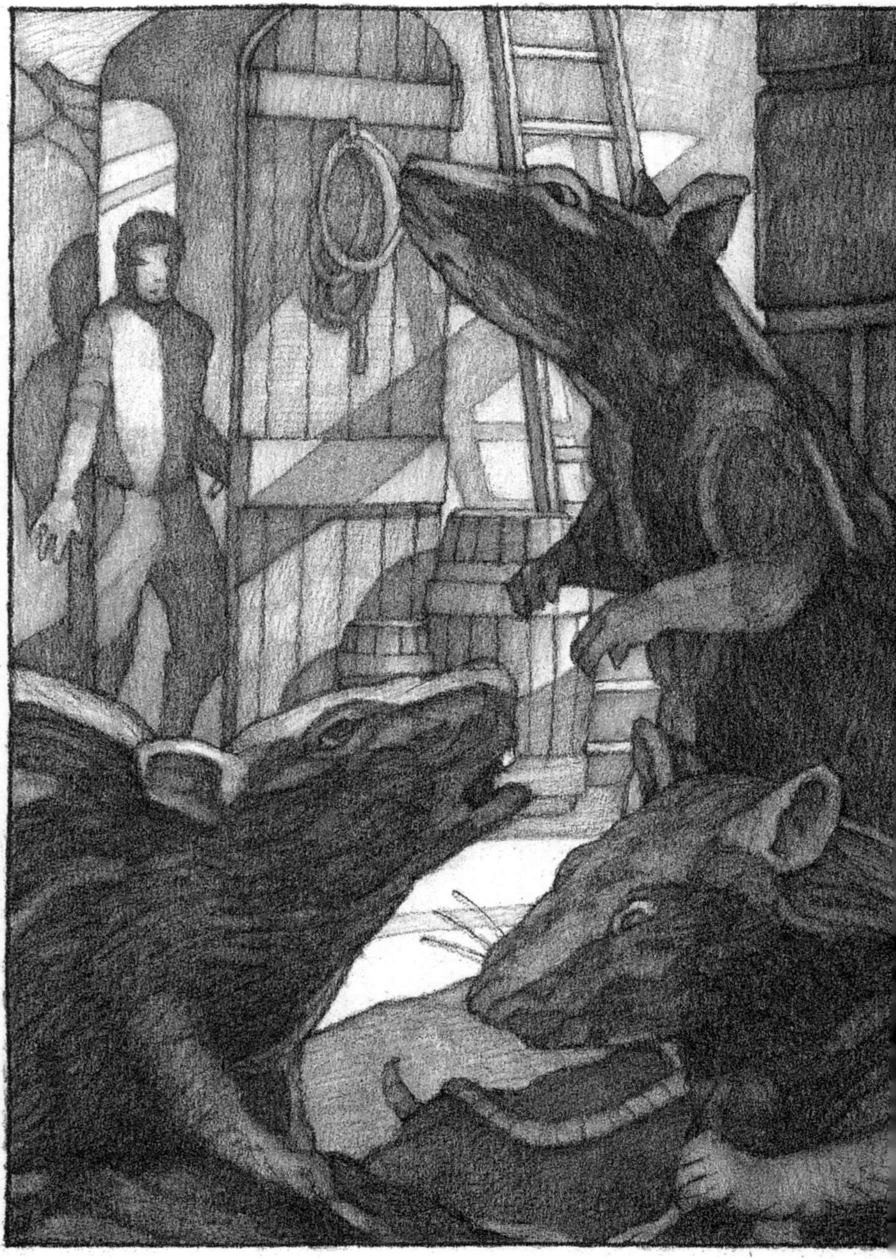

## 8

*Où mon ami Pass révèle
une force de caractère
que je ne soupçonnais pas*

Il était quatre heures quand Pass quitta sa maison bruyante et joyeuse par une porte dérobée. Neige à perte de vue. Solitude. Silence. Dix degrés au-dessous de zéro. Qu'importe ! Le dos courbé, les mains dans les poches (il avait oublié ses gants !), mon ami s'avançait sur le sol glissant avec la détermination farouche du libéro qui, recevant dans les pieds un centre de son capitaine, fonce héroïquement vers les bois adverses, bien décidé à marquer un but. Sans doute tombait-il assez souvent (tous les trois pas environ), mais il repartait de plus belle et se donnait du cœur au ventre en sifflotant toutes les chansons de son répertoire.

Après avoir marché une bonne heure, Pass aperçut un petit château à tourelles derrière des arbres. De loin il crut distinguer une forme humaine dressée sur le toit. Et si c'était sa sœur Clam ? Ayant pris le temps de la réflexion, mon copain sortit ses jumelles, les braqua sur le château, tourna la roulette de mise au point et vit surgir devant ses yeux, pipe au bec, une dame vêtue de rouge, assise au bord du toit couvert de neige, les jambes pendantes. « Un drôle d'endroit pour fumer la pipe, se déclara Pass à lui-même. Cela donne à réfléchir. »

Il s'arrêta pour grignoter des biscuits secs et considérer la situation. Puis il termina un tube de lait, s'essuya la bouche avec un mouchoir et s'avança résolument, quoique lentement, vers le château.

Pass, je ne sais pas si je l'ai dit, était – est toujours – un garçon excessivement calme et poli.

– Bonjour, madame ! dit-il d'une voix forte en soulevant d'une main sa toque de fourrure pour saluer l'apparition. Tout se passe-t-il comme vous le souhaitez ?

– Eh bien, mon petit, lui répondit la dame rouge, il t'en a fallu du temps pour venir à moi ! J'ai cru que tu n'y arriverais jamais. Ce matin je fumais la pipe devant ma porte, tranquillement, lorsqu'une fillette en rollers est passée si vite sur la route que le souffle m'a soulevée et je suis retombée sur le toit...

— Ce devait être ma sœur Clam. De quel côté est-elle partie ?

— Je te le dirai si tu m'aides à quitter cet endroit incommode. Va dans la cave du château et rapporte-moi l'échelle qui est derrière le tas de bois.

— La cave... l'échelle... le tas de bois..., répéta Pass sans bouger d'un centimètre.

— Tu n'as pas entendu ce que j'ai dit ? Dépêche-toi ! Il fait froid là-haut.

N'écoutant que son courage (qui n'était pas grand), Pass partit chercher l'échelle. La cave se trouvait à l'arrière du bâtiment. Il fallait descendre quelques marches d'un escalier sombre et humide, soulever un loquet pesant et tirer vers soi une porte noire dont les gonds rouillés grinçaient horriblement. Un étroit couloir qui sentait le vin et la moisissure conduisait à une pièce sans lumière où clignotaient les lueurs rouges, sinistres, de centaines de petits yeux.

— Il y a quelqu'un ? demanda Pass.

— Il y a nous, couina quelqu'un.

— Qui, vous ?

— Vous ne voyez pas dans le noir ? Comme c'est triste ! Attendez que l'on fasse entrer un peu de jour.

Remue-ménage dans la cave. Agitation et couinements. Une lucarne jusque-là bouchée par des cartons et des toiles d'araignées laissa passer une clarté grise, laiteuse, qui permit à l'arrivant d'entrevoir tout autour de lui des centaines de museaux pointus.

— Vous vous vous êtes des des…

— Rats de cave et fiers de l'être, reprit le rongeur à lunettes rondes qui se faisait le porte-parole de ses camarades. Et vous, l'étranger, qui portez sur le dos une fourrure d'emprunt, à quelle espèce appartenez-vous ?

— Moi ? Heu… Ben… Pas de doute… J'appartiens… d'après ce qu'on dit… à l'espèce humaine…

— Quel malheur ! Vous n'avez vraiment pas de chance ! Comme vous devez en souffrir ! Être obligé de s'habiller, de se chausser, de rouler en voiture, de regarder la télévision. Vous n'avez jamais envie de courir tout nu à quatre pattes et de n'avoir aucun souci ?

— Quelquefois, oui. Mais ça ne dure pas.

— Vous souhaitez vivre avec nous ? Pas de problème. On se serrera et on vous fera de la place.

— Oh ! Non, non, non, je ne fais que passer. Je je je ne reste pas.

— On dirait que vous avez peur. Pourquoi tremblez-vous ? On ne vous mangera pas tout de suite. Il nous reste du fromage pour un mois.

À présent les rats faisaient cercle autour de Pass et donnaient leur opinion : « Le pauvre garçon ! Il a l'air si bête. Il aurait tout pour devenir un animal. Mais à cause de ses parents, il est obligé d'appartenir à l'espèce humaine. Cela doit être dur de ne pas être beau comme nous, les rats sauvages. Il ne connaîtra jamais la liberté. Toute sa vie il ira d'une boîte à l'autre : le berceau, la chambre, l'école, l'ascenseur, le bureau, l'auto, la boîte de nuit. »

Une rate très élégante qui avait sauté sur l'épaule de Pass et lui reniflait les joues lui déclara en rougissant :

— Vous voyez ce trou dans le mur ? C'est l'entrée de mon appartement. Que diriez-vous de vous installer chez moi et de fonder un foyer ? J'ai tout le confort moderne. Des provisions pour l'hiver. Des réserves d'eau. Beaucoup de livres à dévorer — rien que des chefs-d'œuvre. À midi, cuisine française : Alexandre Dumas, Victor Hugo. Five-o'clock avec Dickens et Lewis Carroll. Souper aux chandelles le soir. Vous verrez, il n'y a rien de plus savoureux que les bougies qu'on attaque par les deux bouts. Et pensez à la joie que vous aurez à grignoter le programme de la télé en regardant s'ébattre autour de vous notre petite famille...

C'en était trop. Pass secoua l'épaule violemment.

L'élégante fut projetée au fond de la cave. Elle poussa un petit cri et disparut derrière un tonneau. Tous les animaux firent silence.

Un rat se tenait dignement sur une étagère poussiéreuse, entre des bouteilles de vin vieux. Il n'avait encore rien dit. Après avoir essuyé une larme furtive à sa manche, il s'éclaircit la voix et prit la parole avec une certaine autorité :

– Étranger, vous êtes ici dans la communauté pacifique des rats, dont je suis le roi. J'ai été choisi à cause de mon expérience des fromages et de ma connaissance des vins rouges. Pour les blancs et les champagnes, il faut s'adresser à la reine. (Il montra du bout de la patte une rate volumineuse qui somnolait sur une barrique.) Dans ma jeunesse, poursuivit-il, j'ai beaucoup fréquenté les humains. Et je n'en tire aucune gloire. Ils ont voulu m'empoisonner. Ils m'ont tendu des souricières. Un matin, tout près de chez moi, j'ai été fait prisonnier par des bipèdes qui vous ressemblaient. Ils ont joué avec moi. Ils m'ont fixé des électrodes sur la tête. Ils m'ont torturé. Ils ont essayé sur moi des produits. J'ai été l'objet de leurs expériences cruelles. Ainsi ai-je appris à connaître l'espèce humaine, la pire de toutes. À travers les barreaux de ma minuscule cage de fer, je voyais s'agiter les hommes. Ils se disaient les rois de la Création, mais se disputaient tout le temps, mentaient, volaient et se trompaient les uns les autres.

— Moi je ne trompe personne, protesta Pass. Je ne sais pas mentir.

— Quel idéal avez-vous ? poursuivit le roi des rats sans tenir compte de l'interruption. Impossible de comprendre ce que vous désirez exactement. Certains d'entre vous grignotent tellement qu'ils tombent malades tandis que d'autres, deux rues plus loin, n'ont rien à se mettre sous la dent. Vous passez la moitié de votre temps à faire la guerre et l'autre à construire les machines qui la rendront plus atroce.

— Moi je ne fais la guerre à personne, s'insurgea de nouveau Pass. Je ne suis pas courageux, je suis peureux. Même que je m'évanouis à la vue du sang.

— Tant mieux si vous êtes différent. Mais que faites-vous ici ? Êtes-vous un espion ?

— Je viens prendre l'échelle qui est derrière le tas de bois.

— La loi du monde, c'est l'échange, reprit le rat. Si vous emportez *notre échelle*, que nous donnerez-vous à la place ?

Pass, sans lésiner, offrit la gomme, le crayon noir et les crayons de couleur. Puis, sous les applaudissements, il salua la compagnie, saisit l'échelle et s'approcha de la sortie. À cet instant, le roi des rats reprit la parole :

— Au nom de tout mon peuple pacifique, soyez remercié pour vos superbes cadeaux, que nous grignoterons en pensant à vous. Avant de vous souhaiter bon voyage, laissez-moi vous apprendre une comptine magique. Si un jour vous êtes en difficulté, récitez cette formulette ; alors, où que vous soyez et quels que soient vos ennemis, nous nous porterons à votre secours.

*Rat des rois, roi des rats,*
*Tradéridéra,*
*Si tu m'aides, je t'aidera.*

Pass s'efforça de retenir chaque mot de la comptine. Il la répéta plusieurs fois en se grattant la tête, perplexe.

— Quelque chose ne va pas ? demanda le roi des rats.

— Il y a une faute de français.

— Une faute ?

— De conjugaison. Pour que ce soit correct, il faudrait dire :

*Rat des rois, roi des rats,*
*Tradéridéra,*
*Si tu m'aides, je t'aiderai.*

À son tour le roi des rats se gratta longuement le

sommet du crâne. On l'entendit couiner dans son coin : « t'aidera… t'aiderai… t'aidera… t'aiderai… t'aidera, t'aiderai… ».

– En effet, du point de vue grammatical vous avez raison, reconnut-il. Mais il y a un problème.

– Lequel ?

– Si on dit « t'aiderai », ça ne marche pas.

## 9

*Où Pass fait une rencontre déterminante pour la suite (du moins, je l'espère)*

Après avoir remercié le roi des rats, Pass remonta de la cave avec l'échelle. Il l'appliqua contre le mur du château. La dame rouge descendit du toit.

— Allons boire du champagne !

— Pas maintenant, dit Pass. J'ai trop à faire. Ma sœur a disparu. Je dois la trouver et la ramener à la maison.

— Et après nous nous marierons ?

Sans répondre directement, Pass fit un signe de la tête qui voulait dire oui, non, peut-être, on verra après le bac. Puis il partit dans la direction que la dame rouge lui indiqua, celle que Clam avait prise le matin.

C'était une belle journée d'hiver. Un vent soyeux, venant du sud, lissait le ciel intensément bleu. Des bandes d'oiseaux affamés, jaillissant de nulle part, volaient à tire-d'aile vers le soleil. À quoi voyait-on qu'ils avaient faim ? On ne le voyait pas. On l'entendait. Pass aurait aimé déterminer leur espèce, mais le temps de sortir les jumelles de chasse de la grand-mère et de mettre au point, ils avaient disparu.

Je ne sais combien de temps mon ami Pass erra à l'aventure, seul et inquiet, au milieu de la plaine immense. Comme il suait à grosses gouttes et mourait de soif, il déboutonna sa formidable cuirasse en peau de bouc et croqua des poignées de neige vierge. Après quoi il eut mal aux dents, mais la douleur ne dura pas.

Sa première satisfaction fut de découvrir sur le sol un bouton qui s'était détaché du pyjama rose de sa sœur. Pas de doute : il était sur le bon chemin. Quelques kilomètres plus loin, son regard fut attiré par la silhouette sombre et hautaine d'un oiseau de belle taille, juché sur la plus haute branche d'un hêtre. Une buse ? Un aigle ? Un pélican ? Pass s'approcha de l'arbre à petits pas.

– Qui êtes-vous, monsieur ? demanda-t-il de sa voix la plus suave.

– Ça alors ! répondit le gros oiseau noir, éberlué.

Cela fait dix ans que je me réfugie ici quand j'ai le blues. Dix ans que j'attends qu'on s'adresse à moi. Mais les gens passent sous mon arbre et ne me disent pas un mot. Parce que je suis vieux. Les vieux ne servent à rien.

– Ce n'est pas vrai. Mon grand-père Anténor, quatre-vingts ans, fait des pirouettes sur une chaise et Amalia me prépare des tartines tous les matins.

– Qui est cette Amalia ?

– Mon arrière-grand-mère. Elle a cent vingt ans. Mes parents disent qu'elle est morte. N'empêche que son chocolat est le meilleur.

– Elle a de la chance de trouver quelqu'un à qui parler ! Moi, je n'ai qu'un ami, c'est le jardinier Anatole. Je lui ai rendu de petits services autrefois. Nous nous écrivons chaque semaine et nous prenons le thé ensemble deux fois par mois.

– Vous ne m'avez pas dit qui vous êtes.

– Qui je suis ! Ah ! La question arrive trop tard. Si vous étiez venu il y a quinze ans…

– Il y a quinze ans, je n'étais pas né…

– Ce n'est pas une excuse. Il y a quinze ans, il m'aurait été facile de vous répondre :

Je suis l'indispensable et indispensé
Corbeau Corvée.
J'ai des ailes, je suis zélé.

Je répare les pots cassés.
Je dépanne les gens coincés.
Je suis beau, je suis malin.
Je protège les orphelins.
Je vole au secours des petits.
Les méchants, je les aplatis.
Un malheureux a-t-il crié ?
J'arrive sans me faire prier.
Demandez-moi n'importe quoi.
J'ai la solution, croyez-moi.

Pour être franc, la voix du chanteur n'était pas très harmonieuse. Elle faisait songer au grincement lugubre qui signale l'ouverture, en pleine nuit, au moyen d'un couteau rouillé, d'une vieille boîte d'épinards. Néanmoins, sous l'effet d'un intense contentement, le visage étonné de Pass s'arrondit jusqu'à ressembler à la pleine lune en plein jour.

— Ainsi, vous êtes le fameux Corvée qui ne connaît ni la fatigue ni la peur ?

— Cela fait partie de ma légende. Mais attention ! Pas d'erreur d'identité. Je ne suis pas un freux ni une corneille, des oisillons qui vont toujours en bande comme les bandits. Je n'aime pas qu'on me confonde avec ces pillards.

Moi, je suis le grand corbeau solitaire
Qui ne craint personne sur terre,

À part le stupide chasseur
Qui n'a ni cervelle ni cœur.
J'ai été star dans ma jeunesse.
J'ai trop aimé, c'est ma faiblesse.
J'ai fait des folies, des prouesses.
Désormais, oiseau inutile,
Je ne suis qu'un vain volatile
Cloué à cet arbre, à moins que…

Le corbeau ouvrit les ailes, voleta autour de Pass en l'examinant des pieds à la tête et se reposa sur une branche plus basse.

– À moins que vous n'ayez besoin d'un coup de main, reprit-il en riant le premier de sa plaisanterie. C'est une façon de dire, n'est-ce pas ? Je ne suis pas un manuel. Avec moi, c'est tout de suite le coup d'aile. Le grand large, quoi ! L'envolée !

– Justement, dit Pass, qui réfléchissait si intensément que ses oreilles remuaient comme des feuilles de laitue par vent du nord. Justement, j'aimerais savoir si vous avez vu passer ma sœur Clam.

– Pas de problème ! dit le corbeau. Mon œil voit tout. Et ce qu'il ne voit pas, je l'imagine. Mais il me faut des précisions. Votre sœur est-elle un phoque moustachu ?

– Non, pas du tout.

– J'aime autant ça. Car cela fait plusieurs années

que je n'ai pas vu de phoque moustachu dans la région. Attendez que je me souvienne… Votre sœur ressemble-t-elle à un pingouin ?

— Certainement pas !

— Tant mieux. Car les pingouins sont encore plus rares ici que les phoques… J'ai trouvé ! Votre sœur est la nouvelle girafe à cou rentrant et haut-parleur intégré qu'on appelle la girafone.

— Non, ma sœur n'est pas une bête, elle a deux ans de moins que moi…

— Vous voulez dire qu'elle appartiendrait comme vous à l'espèce humaine ? marmonna le corbeau déçu.

— Oui, monsieur.

— Vous n'avez pas de chance dans la famille ! Quelle déception pour vos parents ! Attendez que je réfléchisse… Maintenant que vous le dites, je me souviens d'avoir aperçu ce matin une jeune bipède montée sur roues.

— C'est Clam ! Toujours en rollers ! De quel côté a-t-elle disparu ?

— Elle filait vers le nord-sud en contournant l'est et l'ouest. Jamais vu un mammifère aller si vite sur deux jambes. Elle ne m'a même pas dit bonjour. Vous ne la rattraperez jamais. Sauf si vous empruntez la voie des airs.

– Je voudrais bien, mais je ne peux pas.
– Cela vous pose un problème ?
– Je n'ai pas d'ailes !
– Vraiment ? Vous avez tort. C'est très pratique, les ailes. Pourquoi s'en priver ? Enfin, si c'est votre choix ! Dans ce cas, il faut que je vous aide. Le temps de compter jusqu'à neuf et je trouve la solution. Un, deux et neuf ! J'ai une idée ! Attendez-moi ici.

Le corbeau prit son essor et s'éleva très vite dans le ciel. En un instant il ne fut plus qu'un point noir au-dessus de l'horizon. Pass, incapable d'imaginer ce qui allait suivre, se retrouva seul sous le hêtre, le cœur impatient et l'estomac vide. Il ouvrit son sac de voyage et mastiqua quelques biscuits.

Et moi aussi je vais grignoter un petit-beurre.

## *10*

## *Où le corbeau Corvée se montre à la hauteur de la situation*

Corvée ne mentait pas quand il prétendait que son œil voyait tout. Maintenant qu'il avait pris de la hauteur, il apercevait au milieu d'un champ de neige, à une distance considérable, un jardin qui semblait à l'abandon, avec un toboggan en plastique vert, une longue poutre servant de bascule et une balançoire immobile. De l'autre côté du jardin, séparé par une haie vive, il repéra la lueur jaune d'un bungalow. Le corbeau descendit rapidement et alla donner du bec contre une vitre. Une voix à l'intérieur cria : « J'arrive ! » Presque aussitôt un vieil homme aux cheveux blancs, lunettes sur le nez, ouvrit la porte.

– Toi, Corvée, mon ami ? Quelle surprise !

— Bonjour, Anatole ! Je ne vous dérange pas ?
— Penses-tu ! J'étais justement en train de t'écrire. Entre et réchauffe-toi. Je vais te montrer ma lettre.

Le corbeau se posa sur le dossier d'une chaise près du radiateur tandis que le vieil homme se dirigeait vers le guéridon de bois noir qui lui servait de bureau. Il revint en tenant à deux mains une feuille couverte d'une grosse écriture tremblée. Il se racla la gorge et se mit à déclamer d'une voix puissante comme un acteur sur la scène d'un théâtre de mille places :

— *Cher corbeau Corvée, je suis sans nouvelles de toi depuis huit jours et j'ai beau surveiller le facteur, point de courrier. Où es-tu ? Que fais-tu ? Es-tu débarrassé de cette vilaine toux qui te réveillait la nuit ? Quand viendras-tu prendre le thé chez moi en regardant tomber la pluie ? Ferons-nous encore des parties de dominos ? Me laisseras-tu tricher ? Bon, il faut que je m'interrompe. Quelqu'un frappe à la vitre.*

— C'est une belle lettre, dit le corbeau. J'ai hâte de la recevoir.

— Si je la mets à la poste demain, tu l'auras dans deux jours.

— Et vous aurez ma réponse dans quatre.

Anatole posa une assiette de friandises devant son ami et se lança dans le récit de sa longue carrière de comédien. Le corbeau savait que le simple rappel de toutes les pièces que son ami avait jouées exigeait plus d'une journée. Il l'interrompit tout de suite :

— Vous me raconterez vos triomphes plus tard. J'ai un service urgent à vous demander.

— Un service ? D'habitude, c'est toi qui me les rends ! Que de fois tu m'as aidé à retrouver mes lunettes !

— Cette fois, j'ai besoin de vous.

— Et moi qui croyais que j'étais un homme inutile ! Que veux-tu de moi ?

— Vos voisins ne viennent ici qu'en été ?
— Parfaitement.
— Donc personne ne se sert de leur balançoire ?
— En cette période, personne.
— Vous pourriez la décrocher facilement ?
— Pourquoi ta question ?
— J'en aurai besoin vingt-quatre heures.

Anatole ne chercha pas à savoir ce que son ami ferait d'une balançoire. Il prit une échelle et partit dans le jardin de son voisin. Dix minutes plus tard, le corbeau Corvée reprenait son vol en serrant dans ses fortes pattes les deux cordes au bout desquelles était fixée la planchette servant de siège.

— Merci, Anatole ! Je reviendrai ! cria l'oiseau en s'éloignant du bungalow.

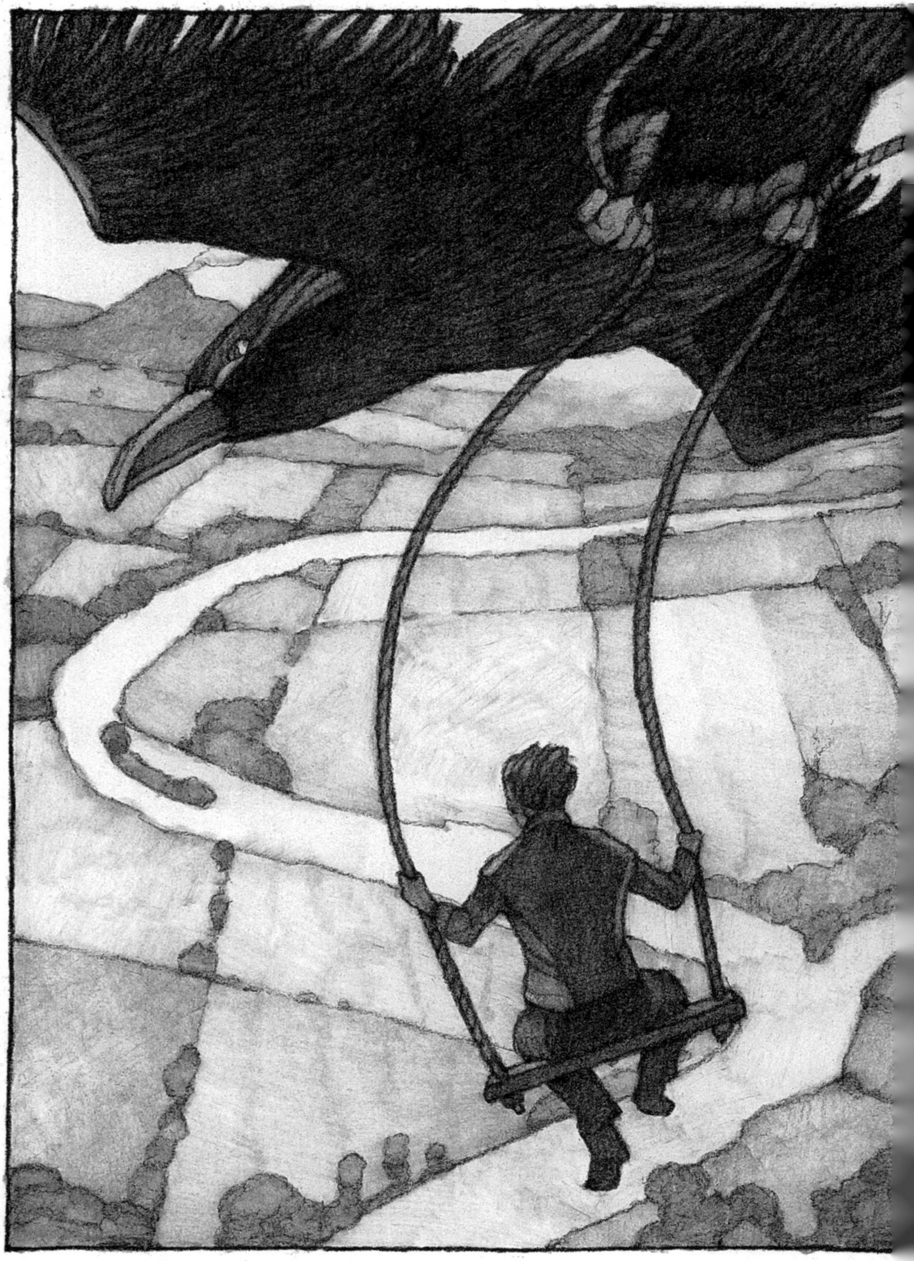

## 11
✎

## *Où le héros de cette histoire expérimente une façon nouvelle de voyager*

Pass avait croqué la moitié d'un biscuit sec quand le corbeau revint en portant la balançoire. L'oiseau se posa sur la branche la plus haute d'un vieil arbre dépouillé, de manière à laisser pendre la planchette au-dessus de la neige molle.

– Attention ! Attention ! dit-il en changeant sa voix. Le passager du vol Corbeau Corvée à destination de Clam est prié de se présenter au départ !

À la huitième tentative, mon copain réussit à saisir les longues cordes et à s'asseoir sur le siège de bois. De quoi se sentir légitimement fier.

– Prêt ? cria le corbeau, impatient de s'envoler.
– Prêt !

Il y eut une formidable secousse. Pass sentit que la terre se dérobait sous ses talons. Pris de vertige, il crut qu'il allait basculer en arrière et tomber de la balançoire. Instinctivement il serra les poings sur les cordes froides. Ce geste suffit à le maintenir en équilibre.

Et le voyage commença.

Lentement, puissamment, le grand corbeau brassait l'air de ses ailes larges et prenait peu à peu de la hauteur. Bientôt il s'éleva au-dessus de la plaine silencieuse, des bois muets, des chemins recouverts de neige vierge. Il monta encore dans le ciel de plus en plus froid, parut hésiter sur la direction à prendre, puis fila vers le soleil.

– Tout va bien à bord ? demanda-t-il.

– Pas de problème ! cria Pass.

Il avait répondu spontanément et il fut le premier surpris de sa réponse. À présent son vertige était passé, il n'avait plus peur et pouvait s'abandonner au plaisir d'observer la terre d'en haut. Vu du ciel, tout paraissait minuscule et sans importance. Le bois de chênes n'était pas plus gros qu'une touffe de genêt. Le lac gelé aurait tenu tout entier dans une baignoire. Plus loin, un rectangle aux dimensions d'un timbre-poste correspondait à notre terrain de foot.

«Si Clam me voyait, se disait Pass, elle n'en reviendrait pas. Elle qui me traite d'empoté et de pas malin, elle serait forcée de reconnaître que je suis un sacré aventurier. Un pionnier, même. Qui avant moi a déjà pratiqué le corboplane?»

Au milieu de ces réflexions, il repéra dans l'immensité du paysage une maisonnette de poupée d'où s'échappait un filet de fumée grise aussi mince qu'un brin de laine. «Je ne me trompe pas, se disait-il, c'est là que j'habite. C'est chez moi que flambe la cheminée. Comment est-il possible que mes parents et mes grands-parents, mes oncles, mes tantes, mes grands-oncles et mes grand-tantes, mes cousines et mes cousins, sans compter les visiteurs et les animaux, logent dans une boîte d'allumettes? À l'heure qu'il est, mon oncle Aldo et ma cousine Violetta doivent jouer au mikado en se disputant. Mon père achève de passer de la cire sur un vieux meuble. Ma mère allume les lampes dans le séjour.»

Alors il se rappela le confort douillet de sa maison, les langues-de-chat qu'on trempe dans le chocolat de cinq heures, les parties de Monopoly qui durent jusqu'au souper. Certes, vu d'en haut, le monde était moins bruyant et plus harmonieux, mais il n'y avait personne pour vous accueillir en plaisantant, pour vous réchauffer dans ses bras et vous faire plaisir. D'y penser, il avait les yeux pleins de larmes et, pour un peu, il aurait réclamé de rentrer chez lui tout de suite. Par chance, à cet instant précis, le corbeau cria à son passager :

— Regardez là-bas, près de l'arbre ! On dirait des traces de rollers !

— Où ? demanda Pass, qui scrutait en vain l'étendue de neige devant lui.

— À cinq kilomètres environ.

— C'est beaucoup trop loin pour moi.

— Ma parole, vous êtes myope ! On ne vous l'a jamais dit ?

Corvée vira sur l'aile et perdit de la hauteur. Pass se persuada qu'ils étaient sur la piste de Clam. Tout à la joie de toucher au but, il improvisa une chanson qui témoignait du changement de son humeur :

> Le poisson a des nageoires.
> Le cheval, une mangeoire.
> Le corbeau, c'est méritoire,
> Suit la bonne trajectoire.
> Et moi, le nommé Passoire,
> Je voyage en balançoire.
>
> Le rat, sans autre accessoire
> Que ses dents, ronge une armoire.
> Le perroquet, c'est notoire,

N'a pas un grand répertoire.
Et moi, le nommé Passoire,
Je voyage en balançoire.

J'ai connu bien des déboires.
Exclu du conservatoire !
Au foot, pas une victoire !
Pour ma soif, aucune poire !
Mais moi, le nommé Passoire,
Je voyage en balançoire.

— Bravo ! cria Corvée, qui avait chanté de rauques rocks dans sa jeunesse. Bravo ! répéta-t-il un ton plus bas en amorçant une descente rapide vers une colline de glace au sommet de laquelle rougeoyait un large feu.

— Que se passe-t-il ? demanda le passager, secoué par la manœuvre.

— Je pique sur l'entrée du domaine souterrain de Médusine. Cela ne m'étonnerait pas que cette sorcière retienne votre sœur. Elle ne pense qu'à faire du mal.

— Ce n'est pas risqué ?

— Il n'y a rien de plus dangereux !
  Mais sans danger, pas d'aventure.
  Pour nous pas de villégiature.

Nul repos sous la couverture.
Même trouver sa nourriture
Chaque jour est une torture.
Partout des fusils, des clôtures.
Et les chasseurs qui nous capturent.
Apprends, gamin que je voiture,
À aimer toute créature
Que la vie met dans la nature.
Et le reste est littérature…

Le corbeau n'était plus qu'à cinq ou six cents mètres du sol quand il découvrit son erreur. Ce qu'il avait pris de loin pour un feu de camp était la lave incandescente d'un volcan en activité. Impossible de s'approcher de la fournaise. L'air chaud apportait des fumées toxiques et déjà Pass suffoquait dans sa redoutable doudoune. Un instant il crut qu'il allait tomber de la balançoire et disparaître dans le volcan. Corvée vit le péril. Vite, il reprit de la hauteur et gagna une zone sûre.

– Nous l'avons échappé belle, déclara-t-il lorsqu'il fut loin. Pour un peu, nous rôtissions comme deux poulets.

– Vous m'avez sauvé la vie, reconnut Pass. Je ne sais comment vous remercier. Mais je suis triste. Où est ma petite sœur ? Que fait-elle ? Nous sommes vivants, mais nous avons échoué.

— Pas forcément. Le royaume de Médusine a plusieurs entrées. Toutes ne sont pas gardées par le feu. J'en connais une, très ancienne, qui paraît abandonnée. Elle est assez loin mais nous y arriverons avant ce soir.

— Et s'il était déjà trop tard ? Cela m'étonne que ma sœur ne se manifeste pas. Elle est si rapide et si têtue ! Personne n'est capable de la retenir. Et encore moins de la faire taire !

— Nous le saurons bientôt, mon vieux ! (C'était la première fois que le vénérable Corbeau se montrait aussi familier.) Fais-moi confiance : la vie est belle et j'ai plus d'un tour dans mon sac à plumes.

Sur ces paroles rassurantes, Corvée se dirigea à grands coups d'aile vers une chaîne de glaciers qui étincelaient sous le soleil.

## 12

*Où il se vérifie qu'une tête bien faite vaut mieux que sept têtes vides*

Pendant que son frère aîné empruntait la voie des airs pour se porter à son secours, Clam, prisonnière de Médusine, s'enfonçait à vive allure dans les entrailles de la terre. L'infortuné Caribou, qui la tenait par la ceinture, hurlait dans son dos :

— Moins vite ou nous allons nous fracasser !

— Nous fracasser ! Nous ramasser ! Nous désosser ! Et puis finir en fricassée de pois cassés ! chantonnait Clam, qui se moquait des frayeurs de son compagnon.

— Arrêtons-nous ! répétait le malheureux en pesant de tout son poids sur ses talons pour ralentir la course folle.

– Au contraire ! C'est la vitesse qui nous sauve. Regardez ce qui nous attend si nous nous arrêtons ici.

Du sol au plafond, le tunnel qui les emprisonnait était tapissé de méduses phosphorescentes dont les lanières miroitaient comme des sabres. Des haut-parleurs dissimulés dans ce grouillement repassaient en boucle les ricanements odieux de Médusine : « Ah ! Ah ! Ah ! Pauvres naïfs qui croyez pouvoir m'échapper ! Toutes les issues sont bloquées. Je vous tiens, vous tiens, vous tiens, vous tiens… »

– Elle radote un peu, notre hôtesse, vous ne trouvez pas ?

– Parlez moins fort ! disait Caribou. Si elle nous entendait !

À chaque instant des bifurcations se présentaient, des ronds-points, des passerelles. Clam choisissait son parcours dans un lacis de corridors où stagnaient des brouillards jaunes. Comme le sol devenait plat, elle perdit peu à peu de la vitesse et finit par rouler au pas au milieu des couleuvres d'eau qui la frôlaient silencieusement.

Ssssssssssss… Sssssssss… Sssssssss…

– Qu'est-ce qu'on entend ? s'inquiéta Caribou.

– Nous le saurons bientôt.

Au bout d'une galerie glauque et glaciale, dans

une lumière lugubre, un dragon de la taille d'un semi-remorque barrait le chemin. Son corps était composé de pointes de glace verdâtres, enveloppées dans un réseau de fils barbelés. Son dos fumait. Ses sept têtes de pit-bull, striées de rouge, bougeaient indépendamment les unes des autres en laissant échapper un sifflement continuel.

Ssssssssssss… Ssssssss… Sssssssss…

Clam s'arrêta à un jet de pierre du monstre. Elle mit les mains sur les hanches et le défia.

– Je vous donne sept secondes pour vous présenter, dit-elle avec un air de mépris. Nom. Prénom. Âge et profession. L'adresse, je la connais.

– Je
– suis
– le
– gardien
– de
– la
– Mort…, déclarèrent d'une seule voix les sept pit-bulls déjà prêts à saisir, mordre, rompre, déchirer, déchiqueter, dévorer, mastiquer leur nouvelle proie.

– Je ne vous inviterai pas à mon anniversaire, reprit Clam. Vous êtes trop laids et vos manières me déplaisent. Ne comptez pas non plus sur nous pour votre repas. Où est la sortie ?

– Mais
– la
– sortie
– c'est
– nous,
– made
– moiselle! répliqua l'animal par ses sept gueules.

Et il ajouta aussitôt en ouvrant démesurément ses sept mâchoires :
– Je
– me
– prépare
– à
– vous
– dévorer
– vivants!

À ces mots, Caribou se mit à trembler tandis que la farouche Clam, éclatant de rire, improvisait une danse rapide. Tantôt elle projetait les pieds plus haut que la tête et faisait la roue, tantôt elle pivotait sur une main et tournoyait dans le sens des aiguilles d'une pendule, puis dans l'autre sens et de nouveau dans le premier. Et elle enchaînait les moulinets acrobatiques avec une vélocité à rendre folles les sept têtes du dragon, qui s'efforçaient de les suivre. Par défaut de coordination, les têtes se cognaient les unes aux autres, se mordaient, se blessaient, se nouaient, s'embrouillaient, se mêlaient inextricablement, se déchiquetaient. À la fin, prises de rage, elles se dévorèrent mutuellement.

– Le passage est libre, Caribou. Continuons. Nous finirons bien par trouver une sortie.

– Et s'il n'y en a pas ?

– Nous la creuserons.

## *13*

*Où Clam plonge dans un torrent
et se souvient de son frère*

Les prisonniers n'étaient pas au bout de leur peine. Mes cheveux se dressent sur ma tête (si, si, j'ai vérifié dans une glace) quand je pense aux monstres furieux qu'ils affrontèrent successivement : le tigre à sonnette, l'hippopophobe, le pou-calmar, le buffalomane du Texas et cent autres créatures innommables que je préfère oublier. Ce fut un miracle si les deux fuyards poursuivirent sains et saufs leur course vertigineuse au milieu des herses, des lances, des flèches, des nuages de frelons et des marigots à serpents. Après chaque nouvel exploit Clam repartait avec confiance vers d'autres épreuves, jusqu'au moment où une muraille d'eau se dressa au fond d'un couloir.

Revenir en arrière était impossible. Il fallait franchir la cascade ou connaître une mort atroce. Clam prit son élan et se jeta tête baissée dans le torrent.

Ce fut comme si elle avait plongé dans un océan de glaçons. En un instant elle sentit se refermer autour de son corps une épaisse armure de glace qui ralentissait ses mouvements et la bâillonnait. Paralysie des bras et des jambes. Difficulté à respirer. Papillons noirs. Elle pensa : « Je vais mourir. C'est de ma faute. J'aurais dû dire où j'allais à mes parents, ils m'auraient sortie de là. Ah ! Si mon frère n'était pas si empoté, il me sauverait... »

Clam ne sut jamais combien de temps elle resta évanouie au milieu de la cascade. Plus tard, elle supposa que le courant l'avait rejetée sur l'autre bord. Quand elle reprit conscience, elle comprit qu'elle tournait sur elle-même à l'intérieur d'une boule transparente qui filait à vive allure. Caribou avait disparu. Emporté dans une autre boule, peut-être. Clam était donc seule à présent. Prisonnière d'un énorme ballon de glace. Ignorée de tous. Oubliée. Abandonnée.

La tête en bas, la tête en haut, la tête en bas, la tête en haut, rien ne semblait pouvoir arrêter cette rotation. Clam avait froid, elle avait peur. Pour la première fois depuis qu'elle avait quitté sa maison, elle n'avait pas le dernier mot.

Et le temps passait. La boule roulait toujours. Elle roulait, roulait, roulait. Recroquevillée sur elle-même, Clam avait du mal à mettre de l'ordre dans son esprit. Pas facile de rassembler ses idées quand on tourne dans un globe lancé à grande vitesse. Elle se rendit compte pourtant que cette vitesse variait. Oui. Pas de doute : la boule par moments ralentissait, ralentissait, elle perdait peu à peu de son énergie, marquait un léger temps d'arrêt, puis repartait d'un coup comme si quelqu'un l'avait propulsée.

Malgré l'inconfort de sa situation, Clam tentait d'observer le décor à travers la couche de glace. D'abord elle constata que deux couleurs, le noir et le rouge, alternaient à perte de vue. Tiens ! tiens ! Pourquoi ces couleurs justement ? Et pourquoi cette alternance régulière ? À force de se tordre le cou, la prisonnière aperçut des numéros juxtaposés, et parfois, sur ces numéros, des mains gigantesques posaient des ronds de bois ou des plaques rectangulaires.

« On dirait des jetons, se dit Clam. Je dois être en train de rouler sur une table de jeu. Ce doit être une très grande table. Qui sont les joueurs ? Des géants ? »

C'est alors qu'elle se souvint de la soirée de réveillon dans sa famille. Après le repas, elle avait joué sans interruption pendant des heures et avait gagné chaque fois. Tromper son frère était si simple. Il suffisait de cacher un as sur ses genoux et de le sortir au bon moment. À la roulette, c'était plus facile encore : elle arrêtait la bille sur le numéro choisi et le pauvre Pass n'y voyait que du feu. « Ce n'est pas bien, ce que tu fais, lui avait dit son grand-père saxophoniste. La loi du monde, c'est l'échange. Don contre don. Si tu trompes, on te trompera. Si tu es égoïste, tu joueras seule dans ton coin. Tu ne peux pas gagner à tous les coups. Chacun doit prendre son chorus. »

« Maintenant je sais ce qui m'arrive, se dit Clam. Je suis punie. Pour avoir triché l'autre soir, me voilà condamnée à tourner en rond dans la roulette des géants. Ah ! Si mon frère savait où je suis, il n'hésiterait pas à m'aider. À moi ! À moi ! À moi ! À moi !... »

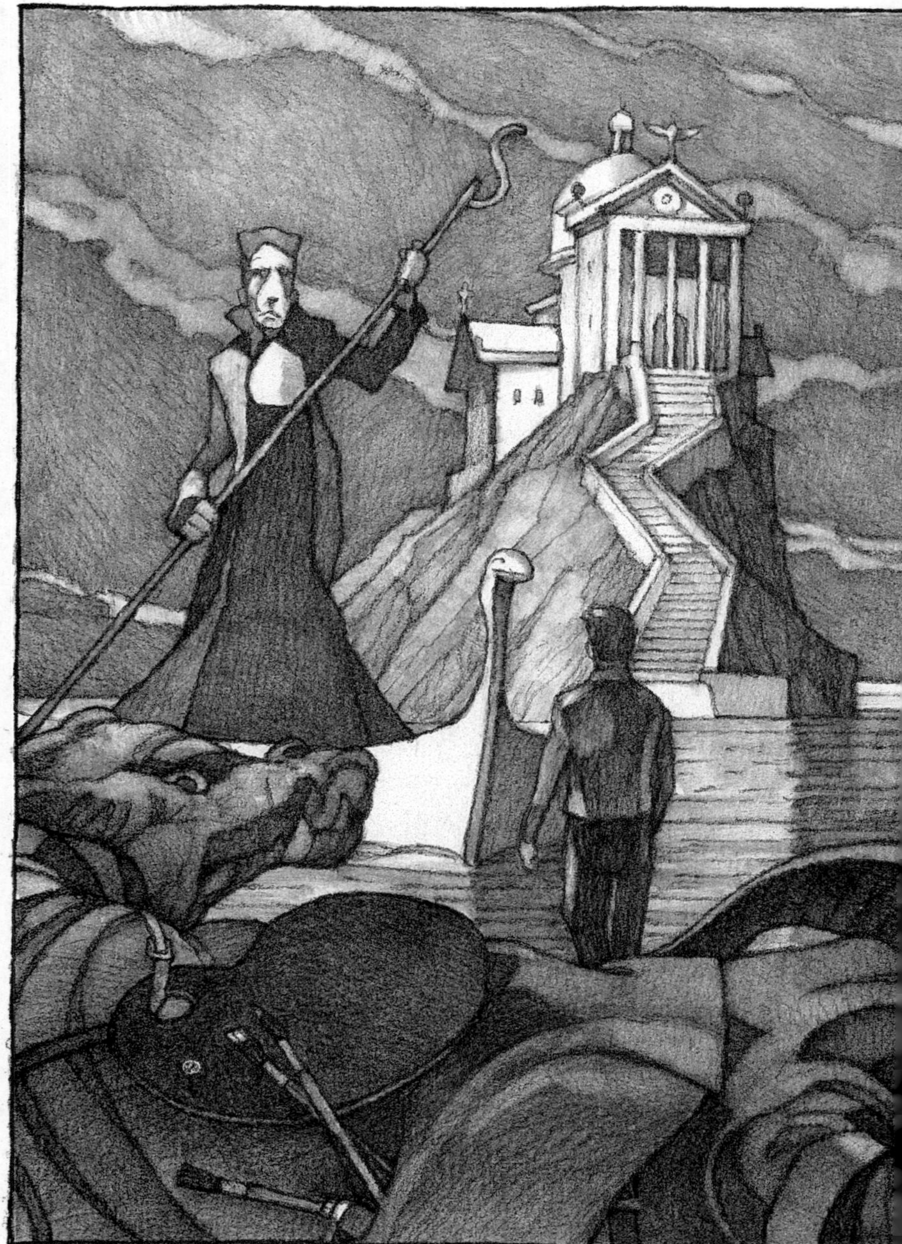

## 14

## *Où Pass admire un paysage neuf et réclame une barque magique*

Ni le grand corbeau ni son passager assis sur la balançoire ne pouvaient entendre les appels angoissés de Clam. À l'heure où la prisonnière de Médusine tournait en rond dans une boule, les voyageurs survolaient paisiblement un lac de montagne entouré de glaciers. Altitude : trois mille mètres. Vitesse de vol : trente kilomètres à l'heure. Température extérieure : moins dix degrés centigrades. Le ciel au-dessus des sommets était d'un bleu si éclatant qu'on voyait tout de suite qu'il venait d'être repeint. D'ailleurs, un écriteau suspendu à un nuage minuscule indiquait en lettres d'or :

> ATTEN
> TION
> PEINT
> URE
> FRAÎCHE

— Ce paysage n'existait pas l'année dernière, cria le corbeau. Ce doit être une commande du gouvernement. Que pensez-vous du lac tout en bas ? Plutôt réussi, non ?

— Heu… C'est-à-dire que… pour être franc…

— Ah ! J'oubliais que vous n'avez pas de bons yeux. Je vais descendre et me poser au bord de l'eau. Tenez bien les cordes, jeune homme !

L'oiseau perdit rapidement de la hauteur, évita des fils électriques et se jucha sur un palmier. Les chaussures de Pass effleurèrent le sable jaune. Le garçon sauta sur ses pieds et fit quelques mouvements de gymnastique pour se dégourdir les jambes. Corvée abandonna la balançoire en se promettant de la rapporter dès que possible chez Anatole.

Assis à l'écart, sous un parasol à rayures, un alligator en costume de velours rouille fumait un énorme cigare, les yeux tournés vers l'horizon. Toute sa personne, cravate comprise, exprimait le contentement du créateur satisfait de l'œuvre accomplie.

Corvée s'approcha du fumeur et claqua du bec pour l'arracher à sa rêverie.

— Ne seriez-vous pas le célèbre Balthazar, un ancien petit lézard enrichi par les beaux-arts ?

— Vous n'avez pas tort, dit l'alligator. Je suis le peintre officiel de la planète. J'ai pour mission de peindre la terre, le ciel, les forêts, la mer, en fonction de la demande.

>Mon pinceau crée de toutes pièces
>Des contrées enchanteresses :
>Jardins et parcs de loisirs
>Adaptés à nos désirs.
>Cocotiers, palmiers, lagons
>Proviennent de mes cartons.

Pendant cette conversation, Pass avait dirigé ses jumelles vers un édifice rose et vert qui semblait flotter au milieu du lac.

— Je vois que vous admirez mon chef-d'œuvre, lui dit l'artiste. C'est une île artificielle que j'ai baptisée l'île Usion. Au centre, j'ai fait construire un casino avec des matériaux peu employés, comme la brique de nougat et la larme de crocodile. Pour cet établissement, j'ai conçu la plus grande table de jeu du monde. Cent fois la place de la Concorde. Exclusivement réservée aux tricheurs.

– Sont-ils nombreux ? demanda le corbeau.
– Il en arrive de partout.

Pass se rappela que sa sœur gagnait toujours quand il jouait avec elle. Peut-être qu'elle était là-bas, dans l'île Usion, avec les tricheurs. Il demanda comment on pouvait se rendre sur l'île.

– Le plus simple, dit Balthazar, serait d'emprunter la barque magique de Grangoulot. Mais il ne vous la prêtera pas. Dans la journée, elle lui sert de couchette. La nuit, c'est son instrument de travail.

– Où habite ce monsieur ?

– Si vous croyez que Grangoulot est un monsieur, vous serez déçu !

– Peu importe qui il est. Je veux lui parler.

– Allez au bord de l'eau, frappez trois fois dans vos mains et comptez jusqu'à zéro. Mais attention : c'est un méchant. Ne venez pas me dire plus tard, quand il vous aura coupé en rondelles et saupoudré de gros sel, que vous n'étiez pas averti.

Pass remercia l'alligator, marcha vers le lac et frappa trois fois dans ses mains. À dire vrai, comme il n'était pas rassuré, il frappa discrètement, du bout des doigts. Pas de réponse. Il recommença plus fort. Toujours rien. De guerre lasse, il applaudit de toutes ses forces et il attendit.

Puis il se rappela qu'il devait compter jusqu'à

zéro. C'était le truc. Mais comment faire ? Par quel chiffre commencer ? Il essaya le trois à tout hasard.

Trois.

Deux.

Un.

Zéro.

Oui, ça marchait ! Du fond des eaux claires du lac, une longue barque argentée montait sans bruit. Couché sur le dos, un corps démesurément long et décharné la remplissait entièrement. C'était Grangoulot, le passeur du lac, l'horrible gardien qui conduit les morts on ne sait où.

Au moment où la barque apparut à la surface, le géant se souleva en projetant des gerbes d'écume autour de lui. Par un phénomène curieux, que Pass remarqua tout de suite, l'eau s'évaporait sur son visage sans expression comme sur un fond de poêle chaude.

— Qui ose m'appeler à la surface alors que je goûte un moment de repos avant le service ? demanda le géant en sautant de la barque sur le rivage.

— Excusez-moi, monsieur, de vous déranger. Croyez que je le regrette. J'ai besoin de votre canot pour aller chercher ma sœur.

— Ah ! Ah ! Ah ! Ah ! Voilà la plaisanterie la plus drôle que j'ai entendue depuis que je fais ce métier.

Crois-tu qu'on puisse emprunter la barque des morts sans payer de sa personne ? Tu veux donc mourir jeune.

– Non, monsieur.

– Quoi, alors ?

– Prêtez-moi votre barque jusqu'à ce soir. En échange je vous donnerai mon manteau.

– Que veux-tu que je fasse de ta peau de bouc ? Je possède le plus grand vestiaire du monde. Chaque riche que je transporte me laisse une zibeline, un vison. Les pauvres m'abandonnent leurs oripeaux. Tous voudraient être immortels comme je le suis. Mais c'est sacrément ennuyeux, l'immortalité. Que veux-tu que je fasse de tout ce temps libre ?

– Vous me prêterez votre barque si je vous distrais un moment ?

– Sans hésiter.

– Topez-là !

## *15*

*Où l'on assiste à un phénomène céleste
assez rare (et c'est tant mieux)*

Comment mon ami Pass, le plus timide d'entre nous, osa toper dans la main de Grangoulot, qui était large comme une table de ping-pong, c'est un mystère que je n'ai pas éclairci, mais le fait est que l'alligator et le corbeau furent les témoins de la scène. Et voici ce qu'ils racontèrent plus tard :

Pass secoua sa main droite endolorie, puis se mit à faire les cent pas le long de la berge, soi-disant pour se concentrer. On l'entendit marmonner dans sa peau de bouc : « Je t'aiderai… Nous t'aiderons… Tu m'aideras… Je t'aiderai… Rien à faire, ça ne marche pas… Je dois me tromper de formule… »

Soudain il se frappa le front de la main gauche en

criant : « Je me souviens ! » Il emplit ses poumons de l'air vif du lac et lança à la cantonade :

— *Rat des rois, roi des rats,*
*Tradéridéra,*
*Si tu m'aides, je t'aidera.*

Aussitôt un rat de belle prestance, bottes fourrées, manteau de ratine et casque à visière, se présenta devant lui.

— Commandant des brigades d'intervention des rats de combat, à votre service ! déclara-t-il en sautillant d'un pied sur l'autre. Que désirez-vous ?

Pass résuma la situation. Le rongeur reconnut que le problème était difficile, mais qu'il n'était pas insoluble. Il s'adressa directement à Grangoulot :

— J'ai entendu dire, monsieur, que l'immortalité vous ennuie. Pour rendre service au jeune Pass ici présent, je vais tenter sur vous une expérience dont vous me direz des nouvelles.

Le rat siffla entre ses dents d'une manière que le vieux Corvée jugea vulgaire mais qui se révéla très efficace. De la terre, de l'eau, du ciel, cent millions de rats (au bas mot) surgirent de tous les côtés à la fois et se jetèrent sur Grangoulot, griffes en avant et gueules ouvertes. Pluie de rats. Averse de rats. Tempête de rats de tous âges et de toutes conditions. Flots de rats. Marée de rats. Muraille de museaux pointus. En un instant, le géant disparut sous la multitude des rongeurs comme le rocher sous la vague.

– J'ai peur ! Maman ! criait Grangoulot, incapable de se défendre. C'est trop affreux. Laissez-moi !

– Acceptez-vous de prêter votre embarcation au jeune Pass ?

– Qu'il la prenne !… J'aurai un jour de congé… Ah ! J'étouffe…

– Partez vite, et bonne chance ! lança le commandant en chef des brigades à l'adresse de mon ami.

Pass sauta dans la barque magique, s'assit près du gouvernail et salua de la main. Le corbeau s'installa à l'avant dans la position du guetteur. Le bateau se détacha seul de la berge et fila silencieusement sur les eaux paisibles du lac.

Le vieux Corvée n'était pas un bon marin, mais il avait l'œil. Ce fut lui qui annonça le changement de temps au milieu de la traversée. Le ciel se couvrit de nuages gris, la neige se mit à tomber en flocons serrés et tourbillonnants. Tous les repères disparurent. Bientôt l'embarcation n'avança plus qu'au ralenti dans une eau où flottaient des statues qui étaient des glaçons.

– S'il continue de neiger ainsi, dit le corbeau, nous serons dans de beaux draps. Personnellement, je crois que le mieux sera de…

Il n'eut pas le temps d'en dire plus, car la barque venait de s'échouer sur une berge glacée. Pass agita en vain les rames, impossible de repartir. Il fallut poursuivre à pied le voyage. On imagine la fatigue et la déception des aventuriers. Par chance, dès qu'ils se furent éloignés du lac fatal, la neige cessa. Le temps s'adoucit. Le ciel peu à peu se dégagea. Le palais de l'île Usion apparut à l'horizon, éclairé par le pâle soleil d'hiver.

— Il semble toujours aussi loin, constata Pass avec un peu de découragement. C'est vraiment étrange… On dirait que nous marchons sur un tapis roulant dans le mauvais sens. Malgré nos efforts, nous n'avons pas avancé.

— Peut-être avons-nous progressé d'une autre façon, répondit Corvée, qui était philosophe à ses heures et voyait loin devant lui. Je vous propose de nous arrêter ici et de prendre un peu de repos.

Pass suivit ce sage conseil.

Et moi aussi, je vais le suivre.

## *16*

*Où Pass et le grand corbeau
se disent au revoir*

Les deux amis poursuivirent leur voyage à travers la plaine blanche. Pass marchait en traînant les pieds. Corvée sautillait devant, infatigable et attentif. De temps à temps, quand il avait un peu d'avance, le grand corbeau abandonnait sa démarche de Charlot et s'envolait pour observer l'état des lieux.

— Vous n'avez pas un sentiment de déjà-vu ? demanda-t-il au retour d'un de ces vols de reconnaissance.

— Non.

— Que voyez-vous derrière les arbres ?

— Un toit couvert de neige.

— Cela ne vous rappelle rien ?
— Non.
— Regardez mieux. La cheminée vous est-elle inconnue ?
— Bon sang ! Mais on dirait que... Il n'y a pas de doute... C'est ma propre maison...
— En effet.
— Je suis revenu sur mes pas... J'ai marché pour rien...
— Ah non ! Pas pour rien. Nous nous sommes rencontrés et nous sommes devenus amis. Pour moi, c'est très important.
— Pour moi aussi, reconnut Pass. Mais j'ai échoué. Qui sait où se trouve Clam à présent ? Peut-être est-elle tombée dans un trou d'eau.
— Si c'était le cas, je l'aurais vu, dit le grand corbeau.

Le garçon arriva chez lui peu après. Le cœur gros, les yeux pleins de larmes, il dit au revoir à son ami qui partait récupérer la balançoire pour la rapporter chez Anatole.

— Donnez-moi de vos nouvelles ! cria-t-il à l'oiseau qui s'élançait vers la plaine blanche. Écrivez-moi ! Je vous répondrai !

Mon copain attendit que Corvée eut disparu à l'horizon pour franchir la porte d'entrée. Le vestibule était désert mais éclairé; le brouhaha habituel régnait dans la maison. Pass évita le grand salon où sa mère collait des photographies pendant que la cousine Berthe et son fiancé dansaient le tango entre les fauteuils. Les chiens ne bougèrent pas, les chats le boudèrent. Derrière le guéridon vert, Mosquito, le cousin muet, lui fit signe que le lapin s'était endormi dans le gibus. Koko et le poisson de moins en moins rouge restèrent cois.

« Quand ma famille apprendra que Clam est perdue, se disait Pass en sanglotant, fini l'insouciance du dimanche! Ah! Si je pouvais revenir en arrière, à la soirée du réveillon, quand nous avons joué ensemble dans le salon en croquant du chocolat et que nous sommes allés nous coucher, ma sœur et moi, à deux heures du matin!»

Il poussa la porte de sa chambre et se jeta en pleurs sur le lit. Combien de temps mit-il pour s'endormir? Quelques minutes probablement. On suppose qu'il rêva d'une dame rouge, d'un grand corbeau, d'un peintre alligator et de l'horrible Grangoulot qui mène la barque des morts.

Au petit matin, il aperçut les aiguilles de glace à la fenêtre. Remontant l'édredon sur ses épaules, il allait se rendormir quand il entendit des appels dans la chambre mitoyenne.

– À moi ! À moi ! À moi ! À moi ! À moi ! À moi ! À moi ! À moi ! hurlait Clam.

Pass n'écouta que son courage (qui était immense). Lui qui, d'habitude, bondissait du mauvais côté au moment du penalty arriva le premier au chevet du lit de sa sœur. Oui, c'est comme je dis. Il se présenta dans la chambre avant tous les autres membres de sa famille. Et personne, pas même le capitaine des Bleus, n'aurait pu l'empêcher de passer.

Clam était assise sur son lit, le visage hagard, bataillant contre les draps qui l'empêtraient et l'emprisonnaient dans une boule de tissu blanc. Elle criait :

– Lâchez-moi ! Arrière, Médusine ! Je ne veux plus être lancée ! Je n'aime pas cette table de jeu ! À moi ! À moi ! À moi ! À moi ! À moi ! À moi ! À moi ! À moi !

Pass secoua sa sœur jusqu'au moment où elle fut réveillée pour de bon. Elle regarda autour d'elle, vit son aîné près de son lit et les autres membres de la famille devant la porte.

– Il n'y a que mon frère qui me défende, dit-elle avec tristesse. Et qui soit gentil avec moi. Vous, les adultes, vous me traumatisez en me racontant des histoires qui me font peur. Après, je fais des cauchemars !

– Que tu es difficile à vivre, Clam ! s'exclamèrent

en chœur ses parents, ses grands-parents, ses oncles, ses tantes, ses grands-oncles, ses grand-tantes, ses cousins, ses cousines, les voisins et les visiteurs de passage tandis que Koko criaillait sur son perchoir et que le poisson de moins en moins rouge tournait dans le sens inverse des aiguilles de l'horloge pour marquer sa réprobation. Difficile, oui. Et même pénible, reprirent-ils. Si tu n'avais pas mangé hier soir tant de glace au nougat, tu aurais mieux dormi !

– C'est vous qui avez posé la bûche devant moi ! s'écria Clam. Vous m'avez tentée !

Et, pour prouver qu'elle avait toujours raison, elle sauta du lit aussi vite que la puce quand on la chasse et elle tapa du pied sur le sol de toutes ses forces.

Or, la veille au soir, après avoir gagné à tous les jeux, elle était allée se coucher *sans* ses rollers. Quand le médecin lui déclara, après lui avoir plâtré le pied, qu'elle s'était fait une entorse et qu'elle devrait se déplacer un certain temps avec des béquilles, elle lui répliqua froidement :

– C'est ce que je voulais. Je commençais à m'ennuyer sur mes rollers. Dès aujourd'hui je m'installe dans un fauteuil, devant mon bureau…

– Et tu feras tes devoirs pour la rentrée ? demanda Pass, ébahi par cette résolution.

– Tu parles ! J'écrirai des chansons d'amour.

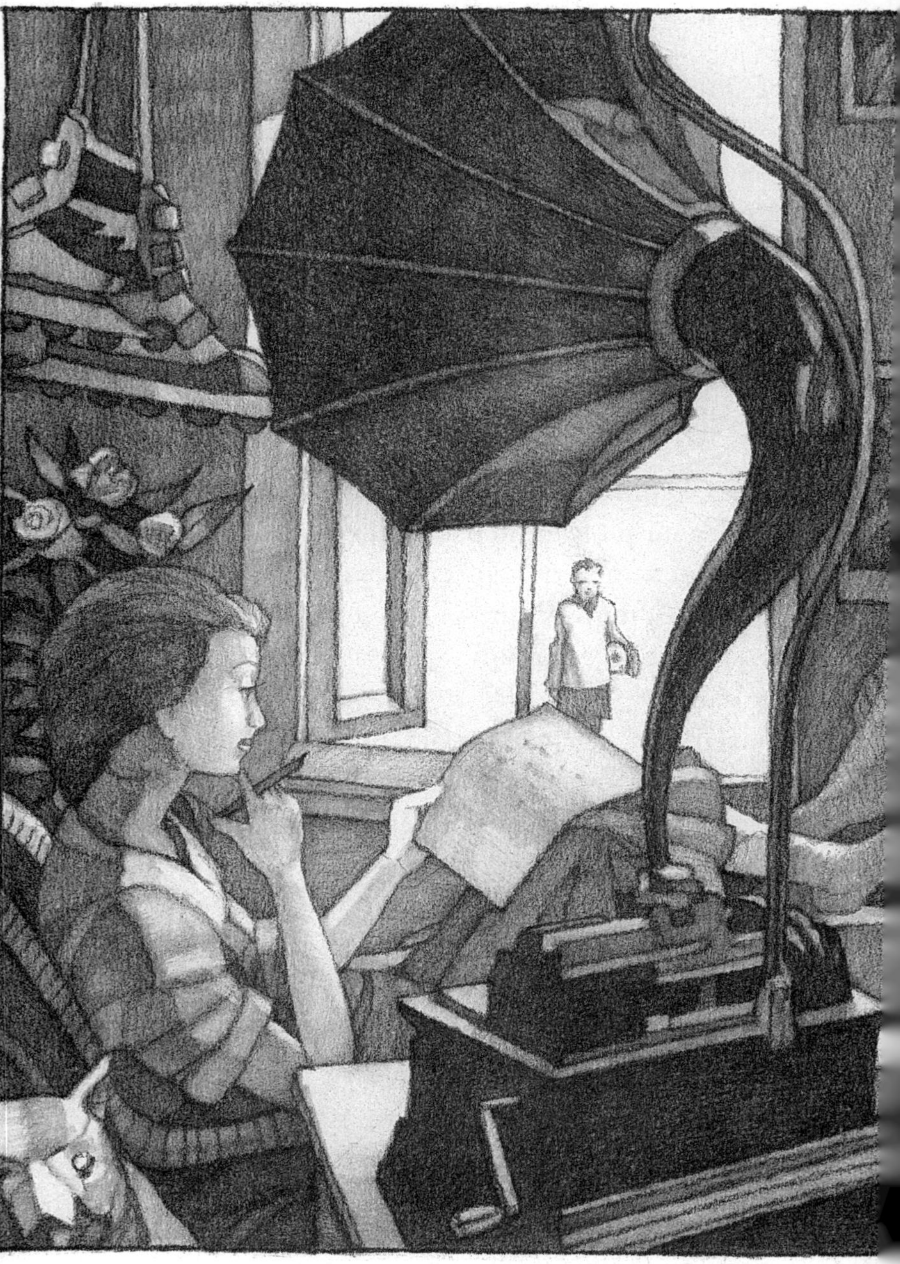

## *VESTIAIRE*

J'avais promis de raconter les aventures extraordinaires d'un frère et d'une sœur. Voilà qui est fait. Dans notre équipe, nous ne sommes pas d'accord. Les milieux de terrain disent que Pass et Clam ont tout inventé. Ça se défend. Les avants prétendent que Clam se serait perdue dans un labyrinthe de rêves et que son frère l'aurait sauvée en prenant un raccourci. Encore plus fort. Ce qui est sûr, c'est que Pass a changé depuis qu'il a délivré sa sœur des enchantements de Médusine.

La preuve, dimanche dernier, il a arrêté deux penalties. Quant à l'héroïne de cette histoire, à qui j'ai fait lire les seize chapitres précédents, elle a haussé les épaules en disant que je n'avais pas décrit le centième de ses exploits. C'est ainsi qu'elle est, Clam la Rapide. J'avais cru lui faire plaisir, pas même un remerciement.

## Du même auteur

ROMANS
*La Fête interrompue*, Éditions de Minuit, 1970
*Rempart mobile*, Éditions de Minuit, 1978
*L'Ouvreuse*, Julliard, 1993
*La Rosita*, Julliard, 1994
*La Splendeur d'Antonia*, Julliard, 1996
  (prix Delteil et prix France-Culture)
*Le Maître des paons*, Julliard, 1997
  (prix Goncourt des lycéens et prix du Jury Jean-Giono)
*L'Offrande sauvage*, Grasset, 1999
  (prix des Libraires)
*Auréline*, Grasset, 2000
*La Mélancolie des innocents*, Grasset, 2002
  (prix France Télévisions)
*Dernier Couteau*, Grasset, 2003
*Le Pays des vivants*, Grasset, 2005
  (prix Marguerite-Puhl-Demange)
*Tout sauf un ange*, Grasset, 2006

RÉCIT
*Russe blanc*, Julliard, 1995

ESSAI
*Presque un manège*, Julliard, 1998

THÉÂTRE
*Squatt*, Éditions Comp'Act, 1984
*Le Roi d'Islande*, Éditions Comp'Act, 1990
*Side-car*, Éditions Comp'Act, 1990
*Cinquante mille nuits d'amour et autres pièces*, Julliard, 1995
*Ange des peupliers*, Julliard, 1997

THÉÂTRE POUR LE JEUNE PUBLIC
*Les Sifflets de monsieur Babouch*, Actes Sud Papier, 2002

POÈMES
*Borgo Babylone*, Éditions Unes, 1997
*La Ballade du lépreux*, Éditions Unes, 1998
*Noir devant*, Seghers, 2001

RÉALISATION : PAO ÉDITIONS DU SEUIL
IMPRESSION : GROUPE CORLET À CONDÉ-SUR-NOIREAU
DÉPÔT LÉGAL : NOVEMBRE 2006. N° 87813 (95445)
IMPRIMÉ EN FRANCE